KB057573

타인의 자유

타인의 자유

김인환 산문집

ㄴㄴ > < ㄷㄴ

머 리 말

마르가레테 폰 트로타 감독이 시나리오를 쓰고 직접 연출한 영화 〈로자 룩셈부르크〉(1986)는, 철저한 역사 고증과 거대한 군중 동원, 그리고 상징 처리를 배제한 리얼리즘으로 오래도록 기억될 만한 작품이다. 상징 처리를 배제한 대신에 감독은 로자 개인이 등장하는 장면과 사회 상황을 제시하는 장면의 빠른 교체로 긴 긴장과 짧은 이완을 반복하다가, 1919년 1월 15일 에덴 호텔에 난입한 군인들이 로자를 체포하여 살해하고 시체를 란트베어 운하에 던지는 마지막 장면으로 축적되어온 긴장이 일시에 폭발되도록 사건을 전개하였다.

영화가 시작되자마자 검은 천으로 눈을 가린 채 조사실로 끌려가는 로자가 등장하고, 1916년 겨울의 이 사건에 1906년 바르샤바에서 다섯 명의 죄수가 처형되는 사건이 겹쳐진다. "살인자"라고 외치는 열다섯 명의 여자 죄수들을 폭행하는 군인들은 로자를 개머리판으로 때려 쓰러뜨리는 하사관 룽에와 그녀의 머리에 총을 쏘는 장교 포겔로 구체화된다. 제국의회의 변절한 사민당 연대에 소속되어 있던 노스케가 자유군단의 군인들에게 발견 즉시 사살하라는 지시를 내렸다. 여자들은 아우성치면서 끌려나가지만 로자는 조용히 쓰러진다.

1986년에 나온 이 영화의 시나리오를 나는 1990년 5월에 쾰른에서 구했다. 교육부 파견 교수로 영국에 있을 때인데 동베를린행 기차표를 끊으러 쾰른에 갔다가 택시기사에게 물어서 찾아간 서점에서 이 책을 샀다. 동베를린으로 들어가는 중간에 기차 속에서 동독 경찰이 통관 도장을 별도의 종이에 찍어서 여권에 끼워주었다. 서울에 가서 문제가 되지 않도록 배려하는 것이라고 생각했다. 동베를린에서 가는 곳마다 달러를 바꾸라고 하는 사람들을 만났는데 환율이 은행 다르고 호텔 다르고 박물관 다르고 길거리 다른 것을 보고 공식 시장이 암시장에 포위되어 무력해지고 있다는 느낌을 받았다(공식 시장의 붕괴 때문은 아니었겠지만 동독은 그해 10월 3일에 무너졌다). 케임브리지에 돌아와 비디오 가게에서 이 영화를 빌려서 보고 뒤이어 도서관에서 로자의 책들을 읽은 뒤 나는 엄청난 투사로 상상하고 있던 로자가 내가 한국에서 만난 운동권 학생들 중의 하나였다는 것을 알게 되었다. 스위스 취리히에 유학 온 폴란드 여학생이 네 살 위의 리투아니아 남학생 레오 요기혜스를 만났는데 그는 운동권의 선배로서 사상을 지도해주었을 뿐 아니라 가정 형편이 넉넉하여 생활비까지 도와주었다. 당시에 폴란드와 리투아니아는 모두 러시아에 속해 있었으므로 그 두 사람은 같은 국적을 가지고 있었고 거기에 더하여 둘 다 유대인이었다. 그런데 문제는 로자가 너무 똑똑하여 요기혜스가 그녀를 지도할 수 없게 되었다는 데서 발생했다. 요기혜스는 글을 잘 쓰지 못했는데 로자는 일찍 학위를 받고 독일로 진출하여 사회민주당의 중심 멤버가 되었다. 로자는 괴테와 마르크스 이외에는 지적인 면에서 자기와 상대할 수 있는 사람이 없다고 생각하고 있었으니 요기혜스는 그녀에게 애인이 될 수 있었을 뿐이지 지도자가 될 수는 없는 남자였다. 그리고 내가 보기에 로자는 어려서 아버지에게 순종하는 착한 소녀에서 애인에게 순종하는 투사가 되었으나 착한 소녀와 투사가 내면에 공존하였기 때문에 사상과 감정의 분열을 피하지 못했다. 사랑하지 않는 여자와 잤다는 이유로 요기헤스와 헤어진 로자가 자기보다 열네 살이나 어린 코스티아 체트킨과 2년 넘게 사귀다가 그가 불편해하는 것을 알고 나서야 놓아주는 것도 앞뒤가 맞는 행동인 것 같지는 않다. 더군다나 그는 가장 친한 친구 클라라 체트킨의 아들이었다. 그녀가 독일 국적을 얻기 위하여 위장 결혼한 구스타프 뤼벡도 친구의 아들이었다. 로자의 정치적 주장에도 이해는 가지만 공감하기 어려운 점이 적지 않았다. 나는 로자를 정치적으로 백치라고 한 막스 베버의 비판에는 동의하지 않는다. 대중의 국제적 연대 파업으로 전쟁을 막겠다는 로자의 생각은 비록 성공하지는 못했으나 1차대전 직전의 상황에서 사민당이 시도해볼 만한 결단이었다. 패전을 예상하지 못하고 민족주의에 굴복한 베버의 전쟁 지지야말로 정치적 백치라고 비판받아야 할 판단 착오라고 해야 할 것이다. 그러나 전쟁에 지고 황제가 퇴위한 마당에서 혁명을 시도한 것은 군부의 마지막 자존심을 건드린 결과가 되었고 재산을 뺏길지 모른다는 부르주아의 공포심에 불을 붙인 결과가 되었다. 혼란을 극도로 두려워하는 대중과 함께할 수 있는 것은 기동전이 아니라 진지전이었는데 로자와 리프크네히트에게는 러시아 혁명의 유혹이 저항할 수 없을 정도로 너무 컸다고 할 수 있다. 로자의 『자본축적론』도 읽어보았으나 나는 그녀의 경제 이론이 논리

적인 체계에 있어서 다소 미흡하다는 인상을 받았다. 로자는『자
본론』의 확대재생산 표식을 인용한 다음에 그 표식으로는 감가상
각의 보충은 가능하지만 축적은 불가능하다고 해석하였다.

    I 생산수단. 4,000C + 1,000V + 1,000m = 6,000

    II소비수단. 1,500C + 750V + 750m = 3,000

  생산수단의 합 6,000은 실제로 소비된 불변자본의 합(4,000
+1,500)보다 500이 더 많고 소비수단의 합 3,000은 지불된 임금과
달성된 잉여가치의 합(1,000+750+1,000+750)보다 500이 더 적다.
그러므로 I 부문의 가변자본과 잉여가치의 합이 II부문의 불변자
본보다 크다. 이 표식은 점유된 잉여가치의 한 부분이 소비되지
않고 생산적인 목적에 사용되며 동시에 더 많은 양의 생산수단이
제조되어 잉여가치가 생산의 확대에 사용된다는 것을 나타낸다.
II부문이 2,000C+500V+500m으로 구성된 단순재생산의 경우에
는 생산수단의 합 6,000이 실제로 소비된 불변자본의 합(4,000
+2,000)과 같고 소비수단의 합 3,000이 지불된 임금과 잉여가치의
합(1,000+500 +1,000+500)과 같으므로 잉여가치가 모두 소비되고
동일한 양의 생산수단이 제조될 뿐이다. 케인스의 소득이론에서

투자라고 하는 것은 추가불변자본과 추가가변자본을 말하는 것이고 소비라고 하는 것은 가변자본과 추가가변자본에 자본가가 소비하는 잉여가치의 일부를 포함하여 말하는 것이다. 추가가변자본이 투자로도 계산되고 소비로도 계산된다는 데 재생산표식의 특징이 있다. 로자는 자본의 축적은 한 나라 국민 경제체계의 자기운동이 아니라 한 나라가 다른 나라를 자기의 경제체계에 편입하면서 무역 제약의 영역을 넓혀가는 과정에서 발생하는 것이며 자본주의 국가들과 비자본주의 국가들 사이의 교환에 작용하는 환경 제약에 근거하는 것이기 때문에 소비와 투자의 관계를 나타내는 마르크스의 재생산 표식만으로는 자본의 축적을 설명하기 곤란하다고 생각하였다. 경제적 확장의 영역이 좁아지고 독점도가 낮아지는 환경이 조성되면 강대국들 사이에는 전쟁이 일어날 수밖에 없다는 것이『자본축적론』의 결론이다. 전쟁이 자본주의의 필연적 귀결이라고 생각했기 때문에 로자는 전쟁을 막기 위하여 자본주의를 바꾸려고 하였다. 그러나『자본론』에 의하면 교환은 항상 등가교환이고 부등가교환은 성립할 수 없는 논리적 오류이다. 독점도가 1보다 커져서 한쪽이 이익을 보고 다른 한쪽이 손해를 보는 것은 교환이 아니라 경제외적 강제에 의한 환경 제약이다. 자본주의의 실체는 세계경제이며 국민경제란 비현실적 허구라는 것이『축적론』의 주제인데 세계경제의 작동 원리를 통해서 국민경제를 분석해야 한다는 로자의 주장에는 배울 것이 많다고 하겠으나 내재 요인보다 외재 요인을 더 강조하는 그녀의 『축적론』은 논리적으로 적지 않은 문제를 포함하고 있는 책이라고 하지 않을 수 없다.

로자는 레닌과 여러 번 만나서 이야기를 나누었다. 로자가 1918년에 쓴 『러시아혁명에 대하여』는 로자의 사후에 간행되었다. 이 팸플릿에서 로자는 레닌을 강력하게 비판하였다. 보통선거 없이, 언론과 결사의 자유 없이, 자유로운 의견 교환 없이 감시당하고 통제당하는 대중이 제도에 짓눌려 질식하고 있으며 관료주의만이 제멋대로 번성하고 있는 사회를 만들고 있다고 비판하고 로자는 자유는 동의하지 않을 권리를 전제하므로 그 수가 아무리 많다고 하더라도 특정한 당파의 지지자들만을 위한 자유는 자유가 아니라고 주장하였다. 로자에게는 "다르게 생각하는 사람들을 위한 자유 (Freiheit des Andersdenkenden)"*가 아니면 자유가 아니다. 안재홍은 '다스리다'의 어원을 '다 사뢰다'에서 찾았다. 우리말에서 다

---

*Rosa Luxemburg, *Die Russische Revolution*, P. Levi ed.(Berlin: Verlag Gesellschaft und Er-ziehung, GmbH, 1922), 109쪽.

스린다는 것은 모든 사람에게 다 말하게 하는 것이었으며 다 말하게 한다는 의미를 한자어로 적으면 화백(和白)이 된다고 한 그의 생각은 로자의 자유에 대한 가장 적절한 정의가 될 수 있을 것이다. 아무리 생각해봐도 모든 사람이 각각 다 자기의 생각을 말하는 시끄러운 세상보다 더 좋은 세상은 있을 수 없을 것 같다. 안재홍은 먼저 모두 말하게 하고 나중에 갈피 짓는 것이 화백이며 신라의 화백 제도가 바로 "다(和) 말하게 하는(白)" 민주정치의 원형이라고 하였다. 다 말하게 하는 다성(polyphony)의 정치와 남의 입을 막고 자기만 말하는 단성(monophony)의 정치는 정치 현실의 이해에 유용한 모델이 된다. 현실 정치는 두 모델의 중간 어디에 있을 것이기 때문이다. 김일성과 박정희는 단성 정치의 전형을 보여주었다. 18년 유지된 박정희 체제보다 한 세기 가까이 유지되고 있는 김일성 체제가 더욱 전형적이라는 점에서 화백 모델의 대극에 김일성 모델을 설정할 수 있을 것이다. 현대사회의 정치체계는 어느 나라건 대체로 자유민주당과 사회민주당의 양극 체제로 구성되어 있지만 나는 우리나라의 정부당과 반대당이 그런 레디메이드 유형을 따라가지 말고 대중을 이끌고 나가려고 하는 대신에 다 말하게 하고 나중에 갈피 지으면서 대중을 뒤따라가는 화백당(和白黨)이 되었으면 좋겠다. 나쁜 지휘자는 오케스트라를 탓하지만 좋은 지휘자는 오케스트라의 수준이 어떠하건 유치하면 유치한 대로 연주자들의 능력을 최대한도로 발휘하게 한다. 톨스토이가 『전쟁과 평화』에서 말한 대로 역사는 "무의식적이고 집단적인 공동의 삶"이다. 길게 보면 대중은 이데올로기의 유인에 크게 흔들리지 않는다. 내가 보기에 『자본론』의 중심선은 대중 생활의 장기 변화를 따라가고 있다. 나는 로자라는 사람을 좋아하지도 않고 그녀의 『축적론』을 좋아하지도 않지만 "다르게 생각하는 사람들을 위한 자유"라는 그녀의 말이 너무 좋아서 책의 제목을 『타인의 자유』라고 지어보았다.

스물넷에 홀로 되시어 1950년부터 20년 동안 북창동 노점에서 옷가지를 파시면서 두 아들을 키우신 어머니께 이 책을 바친다.

그것은
전쟁과 비참,
죽음의 위협에도 불구하고
손상되지 않는
인간의 완강한 원리이다.

그것은

물을 빛으로

꿈을 현실로

적을 형제로 바꾸는

인간의 온유한 원리이다.

— 엘뤼아르, 「올바른 정의」

2020년 3월

김인환

차례

독 서 의
가 치

　우리의 어릴 적 추억 속에는 놀지 말고 공부하라고 당부하시던 어머니의 말씀이 들어 있고, 만화책이나 소설책을 보다가 들은 어머니의 꾸중이 들어 있다. 한국인의 상식으로 볼 때 공부는 곧 독서이다. 어머니는 "책을 읽어야 한다, 그러나 아무 책이나 읽으면 안 된다"고 말씀하신 것이다. 어머니에게 책은 알아야 할 지식을 정리해 저장한 정보의 창고이다. 대학에 들어가기 위하여, 회사에 취직하기 위하여 소년들과 청년들은 책을 읽어야 하고, 정해진 시간에 읽어야 할 책이 너무 많으므로 책은 모름지기 선택하여 읽어야 한다. 어머니는 공부하라고 강요하고, 일하라고 강제하는 사회의 메시지를 전달하는 사회의 대리인이다. 어머니는 대학에 다니지 못하고 회사에 다니지 못하는 사람들의 고통을 잘 알고 있기 때문에, 아들딸의 핀잔을 들으면서도 자진해서 악역을 담당하신 것이다. 그러나 대학에 들어가기 위하여 공부하고, 회사에 들어가기 위하여 공부하고, 결혼하기 위하여 일하고, 아들딸 키우기 위하여 일하고 하는 것이 우리의 삶이라면, 모든 중요한 것은 미래에 있게 되고 현재는 다만 미래로 가는 다리거나 미래를 위한 수단이 되어 버리고 만다. 미래의 끝은 죽음이므로 현재보다 미래가 중요하다는 말은 결국 삶보다 죽음이 중요하다는 의미가 되고 말 것이다. 청년은 청년대로 절대적인 존재이고 노년은 노년대로 절대적인 존재라고 생각하지 않는다면 어떤 특정한 사람만이 진리를 알 수 있다는 파시즘을 피할 수 없다. 아이는 아이로서 최고이고, 어른은 어른으로서 최고이며, 남자는 남자로서 최고이고, 여자는 여자로서 최고라는 믿음이 민주주의의 기초이다. 사람은 누구나 과거를 딛고 미래를 설계하며 현재의 과제를 수행하지만 그는 동시에 동시성과 완전성을 지닌 영원에 참여하고 있다. 모든 사람의 현재는 영원과 통할 수 있는 가능성을 가지고 있다.

어떤 책을 읽어야 하는가라는 질문에 대하여 가장 올바른 대답은, 지금 읽고 싶은 책을 읽으라는 것이다. 수십 권 내지 수백 권의 독서 목록을 정해놓고 꾸준히 독파하는 사람이 있으나, 내가 보기에 그것은 너무나 메마른 독서 방법이다. 나는 공책에 세 권의 책 이름만 적어보는 방법을 권하고 싶다. 예를 들어, 경제학과 학생이 리카도의 『정치경제학과 과세의 원리』, 마르크스의 『자본론』, 스라파의 『상품에 의한 상품 생산』을 기록해두고 그 가운데 『자본론』을 읽는다고 하자. 3천 페이지가량 되는 이 책을 다 읽으려면 여러 달이 걸릴 수밖에 없고, 읽다 보면 생각이 바뀌게 될 것이다. 고전경제학보다는 근대경제학에 더 흥미를 느끼게 될 수도 있고, 경제학보다 경제학의 토대가 되는 통계학과 확률론에 관심을 가지게 될 수도 있다. 그런 경우에는 미리 적어놓은 책 이름에 구애받지 말고 리카도와 스라파의 책 이름 대신에 케인스의 『확률이론』과 『일반이론』을 적어놓는 것이 좋다. 관심과 흥미가 바뀌는 데 따라 서목(書目)도 끊임없이 바뀌겠지만, 그는 변함없이 언제나 한 권의 책을 읽고 있을 것이다. 예전 사람들은 흔히 한 권의 책을 백 번씩 읽었고, 『시경』을 3천 번이나 읽은 사람도 있었다. 그렇게는 할 수 없다 하더라도 책을 읽다 보면 한번 더 읽고 싶은 책이 생기게 마련이다. 거듭 읽은 책이 몇 권이나 되는가 하는 것은 아주 좋은 추억이 될 것이다.

공부하라고 강요하는 것이 한국 사회의 한 면이라면, 책 좋아하는 사람을 백면서생(白面書生)이니 책상물림이니 하고 조롱하는 것도 한국 사회의 한 면이다. 책벌레라는 말은 세계 어느 곳에나 있는 공통된 단어이다. 프로이트는 책벌레라는 단어에서 책 속에 있는 벌레, 책을 지나치게 읽는 사람, 그리고 유아 남근이라는 세 가지 연상을 도출하였는데, 어느 것이나 그다지 좋은 느낌이 들지 않는 연상들이다. 책을 경시하는 태도에는 책과 현실의 차이에 대한 인식이 들어 있다. 책의 내용은 유한하고 현실의 계기는 무한하기 때문에, 책은 현실이 아니며 현실이 될 수 없다. 책은 현실에 대하여 진술한 언어이다. 언어는 현실이 아니기 때문에 책은 현실을 남김없이 드러낼 수 없다. 책벌레가 되지 말라는 말은 책만 읽지 말고 자연을 관찰하고 사회를 경험해야 한다는 권고이다. 현실은 현실에 대한 어떠한 표현보다도 더 크다. 그러나 경험이 독서보다 반드시 삶에 더 유효하다고 단언할 수 없다는 데에 독서의 신비가 있다. 우리는 우리 삶에 필요 없는 것을 분명하게 한정할 수 없다. 장자는 필요 없는 것을 배제하고 필요한 것만 포섭하려는 혜자의 견해에 대하여, 발을 딛고 있는 땅은 서는 데 필요하고, 그 이외의 땅은 서는 데 필요 없다고 하여 나머지 땅을 다 잘라버린다면 땅을 딛고 서 있을 수도 없게 될 것이라고 비판하였다. 한 사람이 실제로 걸어본 지역은 한평생 걸은 길을 다 합친다 하더라도 얼마 되지 않을 것이다. 지리와 지질과 지형에 대한 우리의 담화는 대부분 독서에 의존하고 있다.

모든 책에는 실제로 그러한 행동이 현실에 나타나는 것은 아니지만, 관찰하고 측정할 수 있는 행동들을 그것에 비추어 해석할 수 있게 하는 개념 장치가 포함되어 있다. 미분방정식을 채택하여 계산하는 경제학의 한계 개념은 그 대표적인 실례이며, 그 이외에 봉건사회니 매판자본이니 비생산적 노동이니 하는 것들이 모두 이러한 개념 장치들이다. 이러한 개념 장치들을 구성하는 인과 감각은 전적으로 직관에 의존한다. 짓궂은 아들의 뺨을 때린 며느리가 시어머니에게 "옆집 여자와 말다툼을 하고 난 후라 흥분해서 그랬습니다. 보통 때의 저라면 이러한 방법으로 꾸짖지는 않았을 것입니다"라고 변명했을 때, 그녀는 그녀의 체벌이 우연한 반응이며 정상적 인과 감각에 의존한 평상시의 행동이 아니라는 사실을 시어머니의 이해심에 호소하고 있는 것이다. 그러나 아이를 때린 행동은 관찰할 수 있는 행동이고, 아이를 때리지 않는 행동은 눈앞의 현실에는 나타나지 않은 행동이다. 모든 책은 비현실적 개념 장치로 현실적 자료들을 해석하려는 시도이다. 백면서생이니 책상물림이니 하는 말은 책과 현실의 차이를 깨닫지 못하고 책에 나온다고 하여 현실에 맞으리라고 착각하는 사람에 대한 비판이다. 식량에 대해서도, 기계에 대해서도, 외화(外貨)에 대해서도 진지하게 고심해보지 않은 학자들이 경제를 단순한 계산 문제로 다룬 데에 한국 경제의 근본 문제가 있다. 한국에는 이론의 소비자는 있었으나 이론의 생산자는 없었으며, 통계의 방법에 대해서는 알고 있었으나 통계의 근거가 되는 구체적인 자료에 대해서는 정확하게 알고 있지 않았다. 자료에서 이론으로 올라가고, 이론에서 자료로 내려오는 순환 과정이 정상적으로 소통되지 못하여, 부정확한 자료를 수입 이론으로 처리하여 이론 따로 자료 따로 하는 식의 정책을 집행해올 수밖에 없었다. 부정확한 정책의 대표적인 사례가 세금을 많이 걷은 공무원에게 상을 주는 제도이다. 계획보다 세금을 더 많이 징수했다면 그것은 국민의 재산권을 침해한 범죄로서 처벌해야 할 행위이지 포상해야 할 행위는 결코 아니다. 국세청의 모든 징세 자료가 누구나 열람할 수 있도록 완전히 공개된다면 우리 사회의 폐단인 이론과 자료의 불일치는 많이 완화될 수 있을 것이다.

구체적인 것과 보편적인 것이 서로 줄 것은 주고, 받을 것은 받으며 서로 상대방의 결함을 보충하고 상대방의 오류를 수정하는 정상적인 회로가 왜곡될 때에 이론에 대한 불신이 나타난다. 불립문자(不立文字)를 내세우는 선(禪)의 입장은 그 대표적인 경우이다. 우리 생활의 여러 국면 가운데는 이론을 멀리해야 제대로 영위되는 영역이 있다. 우정이나 애정 같은 감정에 이론이나 개념을 개입시키려는 태도는 부당하고 어리석다. 그러나 생활의 모든 영역을 불립문자로 해결할 수는 없을 것이다. 지식의 영역에서는 어디까지나 책의 안내를 받으며 기본 개념을 습득하고, 문제의 구조를 이해하여 사태를 실험하고 측정함으로써 새로운 지식으로 나아갈 수밖에 없다. 지식의 영역에서 우리가 할일은 책을 읽고 백과사전의 내용을 조금이라도 수정할 수 있는 새 책을 쓰는 것이다. 불립문자란 지식의 영역 외부에서 통용되는 사건이다. 주관과 객관, 자기와 타자가 명확하게 구분되지 않는 인간과 인간의 관계 구조가 있다. 사랑하는 사람을 객관적으로 묘사할 수 있는 사람이 없다는 것으로 미루어 보더라도 이분법적 사고의 계선(界線)을 약화시켜야 제대로 작동하는 정신 활동이 있다는 사실을 부정할 사람은 없을 것이다. 남의 신음 소리에 귀를 기울인다거나, 남 잘되라고 진심으로 바란다거나 하는 마음은 나와 남이 서로 통하고, 주관과 객관이 서로 일치할 때에만 작용한다. 그러므로 우리는 사랑이나 우정에는 지식이 필요 없다고 말할 수 있다. 그러나 그렇다고 해서 엄연히 존재하는 지식의 영역을 무시하는 것은 결코 온당한 행동이라고 할 수 없다. 독서보다 참선이 어렵다는 주장은 사실에 맞는 견해가 아니다. 글자 한 자의 용례(用例)를 알기 위하여 수천 권의 고서(古書)를 읽는 데 평생을 바친 학자에게 독서는 글자 그대로 생사를 건 투쟁이다. 그에게 책을 버리고 선(禪)을 하라고 권하는 것은 어리석은 짓이다. 백면서생이니 책상물림이니 하는 말은 독서에 대한 비판이 아니라 앎과 삶이 일치하지 않는 허학에 대한 비판이다. 허학의 특징은 안고수비(眼高手卑)에 있다. 허풍치고 자랑하기를 좋아하나 하는 짓은 보잘것없는 자를 소인이라고 하는데, 허학은 소인들에게 공통으로 나타나는 특징이다. 우리의 독서는 마땅히 실학이 되어야 한다.

퇴계는 『자성록(自省錄)』에서, 제자인 남언경(南彦經)에게 독서할 때에 많이 읽으려 하지 말라고 충고하였다. 책의 내용을 일상생활의 평이하고 명백한 사실에 비추어 검토하고, 집착과 방심을 피하여 저절로 이해될 때까지 오랜 시간 참고 기다리는 것이 퇴계의 독서법이다. 마음과 기운의 병은 헛된 것을 천착하고 억지로 탐구하는 데서 생긴다. 곡식 자라는 것을 돕는답시고 싹을 뽑아올려 다 말라 죽게 한 사람처럼 독서하면 허학이 될 뿐이다. 기력을 탕진할 때까지 몸을 피곤하게 하고 나서 심오한 지식이 있는 듯이 설쳐대다간 제 몸이 병들 뿐만 아니라 남에게도 해를 끼치게 된다. 기대승(奇大升)에게 보낸 편지에는 실학에 대한 퇴계의 확신이 잘 나타나 있다.

나의 보잘것없는 독서법에서는 무릇 성현의 의리를 말씀하신 곳이 드러나 보이면 그 드러남에 따라 구할 뿐, 감히 그것을 경솔하게 숨겨진 곳에서 찾지 않습니다. 그 말씀이 숨겨졌으면 그 숨겨진 것을 따라 궁구할 뿐, 감히 그것을 경솔하게 드러난 곳에서 추측하지 않습니다. 얕으면 그 얕음에 말미암을 뿐 감히 깊이 파고들지 않으며, 깊으면 그 깊은 곳으로 나아갈 뿐 감히 얕은 곳에 머무르지 않습니다. 나누어 말한 곳에서는 나누어 보되 그 가운데 합쳐 말한 것을 해치지 않으며, 합쳐 말한 곳에서는 합쳐 보되 그 가운데 나누어 말한 것을 해치지 않습니다. 사사로운 나 개인의 뜻을 따라 좌우로 끌거나 당기지 않으며, 나누어놓은 것을 합친다거나 합쳐놓은 것을 나누지 않습니다. 오래오래 이와 같이 하면 자연히 문란하게 할 수 없는 일정한 규율이 있음을 점차로 깨닫게 되고, 성현의 말씀에는 횡설수설한 듯한 속에도 서로 충돌되지 않는 지당함이 있음을 점차로 알게 됩니다. 간혹 일정한 설을 자기의 것으로 삼을 때는 또한 의리의 본래 정하여진 본분에 어긋나지 않을 것을 바랍니다. 만일 잘못 보고 잘못 말한 곳이 있을 경우라면 남의 지적에 따라, 혹은 자신의 각성에 따라 곧 개정하면 또한 스스로 흡족하게 느껴집니다. 어찌 한 가지 소견이 있다 하여 변함없이 자기의 의견만 고집하면서 타인의 한마디 비판을 용납하지 않을 수 있겠습니까? 어찌 성현의 말씀이 자기의 의견과 같으면 취하고, 자기의 의견과 다르면 억지로 같게 하거나 혹은 배척하여 틀렸다고 말할 수 있겠습니까? 진실로 이와 같이 한다고 하면, 비록 당시에는 온 천하의 사람들이 나와 더불어 시비를 겨루지 못한다 하더라도 천만 년 뒤에 성현이 나와서 나의 티와 흠을 지적하고, 나의 숨은 병폐를 지적하여 깨뜨리지 않으리라는 것을 어찌 알겠습니까? 이것이 바로 군자가 애써 뜻을 겸손하게 하고 말을 살펴 하며, 정의에 복종하고 선을 따라서 감히 한때 한 사람을 이기기 위하여 꾀를 쓰지 않는 까닭입니다.*

한 권 한 권의 책을 공들여 천천히 읽는 것이 독서의 유일한 방법이다. 천천히 읽지 않아도 되는 책은 대부분의 경우에 읽을 가치가

---

* 『이퇴계전집』下, 퇴계학연구원, 1975, 77쪽.

없는 책일 것이다. 책은 우리가 시간을 들인 만큼 우리에게 무엇인가 알려준다. 우리는 카페에서 친구를 기다리면서, 교정을 걸으면서 어떤 책에 대해 생각할 수 있다. 책에 시간을 바치려면 무엇보다 먼저 토막 시간을 활용해야 한다. 서재에 세 시간 이상 혼자 앉아 있을 수 있어야 책을 읽는다고 한다면 그야말로 독서 이외에는 아무것도 못하는 사람이 되기 쉽다. 아무리 훌륭한 책이라도 한 권의 책만 두고두고 읽는 것은 바람직한 태도가 아니다. 우리는 어떤 책의 하인이 되기 위해서가 아니고, 자연과 사회의 주인이 되기 위하여 책을 읽는다. 어떤 사람에게는 자연과 사회에 대하여 이미 나온 어떤 책보다도 더 잘 해명하는 책을 지어내는 것이 독서의 목적이다. 어떤 요리사는 음식을 이전보다 더 잘 만들고 싶어서 요리책을 읽고, 어떤 인류학자는 음식의 재료와 조리 방법에 내재하는 규칙의 체계를 구성하기 위하여 요리책을 읽는다. 음식을 만들기 위한 요리책 읽기와 문화를 이해하기 위한 요리책 읽기는 서로 다른 독법(讀法)을 요구하지만, 어느 경우에나 독서를 위한 독서는 올바른 독서라고 할 수 없다. 사람과 세상을 더 잘 알고 싶어서 책을 읽는 사람들은 자기가 지금까지 읽은 책들과 현재 읽고자 하는 책들의 지도를 만들어봄으로써 책과 현실의 차이를 더 명확하게 인식할 수 있게 된다. 롤랑 바르트는『기호의 제국』에서, 그가 먹어본 일본 요리의 주위에 그가 읽은 일본 문화에 대한 책들 전체를 그물처럼 펼쳐놓았다. 책의 경계는 결코 윤곽이 분명하지 않다. 마지막 마침표를 넘어서, 형식과 내용을 넘어서 하나의 책은 다른 책들과 함께 특정한 지도를 형성하고 있다. 책은 우리가 손에 쥐고 있는 물체가 아니다. 책은 평행육면체 안에 인쇄되어 있는 사물이 아니다. 우리는 책을 평행육면체 안에 가두어놓을 수 없다. 책은 생동감 있게 펼쳐지는 문화의 맥락 속에서 끊임없이 성장하고 변화한다. 채만식과 이문구의 소설을 읽은 사람이 판소리를 들을 때 그의 의식 안에서 판소리의 의미는 그전과 달라져 있을 것이다. 책들 사이의 맥락을 고려하지 않으면 책은 이해되지 않는다. 헤겔의 『논리학』과 마르크스의 『자본론』에 대하여 모르는 사람은 벤야민의 『아케이드 프로젝트』를 이해할 수 없다. 전후 맥락을 고려하지 않는 독자는 머릿속에서 책의 의미를 꾸며내고 그것을 정당화하기 위하여 책의 본문에 인위적인 조작을 가하기 쉽다. 책들은 서로 교차하고 병행하고 배제하면서 다양하고 불연속적인 맥락을 형성하고 있다. 독서란 책을 하나씩 읽어나가면서 맥락을 짐작하는 방향으로 진행될 수도 있고, 먼저 맥락을 짐작하고 그것에 비추어 책을 읽는 방향으로 진행될 수도 있다. 어느 경우이거나 자기가 읽은 여러 책을 한자리에 모아서 그것들의 관계와 차이를 머릿속으로 그림 그려보고 그 그림을 더 확대함으로써 문화의 맥락을 어렴풋이라도 머리에 떠올릴 수 없다면 독서는 산 경험의 일부가 될 수 없다.

　누구나 이야기를 만들고 이야기를 알아듣는 것으로 미루어 인간에게는 책을 만들어내는 능력이 있다고 할 수 있다. 회사를 나와서 곧장 집으로 들어가지 않고 밤거리를 혼자서 쏘다니는 소시민의 신체가 저도 모르게 적어내는 글에는 얼마나 많은 사연이 들어 있는 것인가? 인간의 언어활동에는 책을 만들어내는 능력뿐 아니라 그 시대에 용인되는 책과 용인되지 않는 책을 식별하는 능력, 다시 말하면 책들을 지배하고 있는 맥락을 파악하는 능력도 내재되어 있다. 나라 잃은 시대의 독자들은 친일 문학이 작품의 미적 형상에 결함을 초래한다는 사실을 알고 있었다. 문화적 맥락의 지배를 받으면서 책들은 서로 일정한 관계를 맺고 있다. 인간은 문화적 맥락 자체를 전체적으로 파악할 수 없다. 문화적 맥락 속에서 나서 죽는 인간이 문화적 맥락의 외부로 나와서 문화적 맥락의 전체를 바라볼 수 없기 때문이다. 책들의 지형학으로 드러나는 맥락은 결국 인간이 구성한 인간의 작품일 수밖에 없고, 맥락 자체는 무한하나 인간의 구성 능력은 유한하므로 책들 사이의 맥락은 고르지 않고 빈틈이 많은 형태로 나타날 수밖에 없다. 그러나 그것이 아무리 불완전하다고 하더라도 책을 이해하는 능력은 자기에게 필요한 책을 선택하는 능력 또는 맥락을 구성하는 능력과 다른 것이 아니다. 책의 세부를 수동적으로 경험하는 능력과 문화적 맥락을 능동적으로 종합하는 능력은 늘 함께 결합되어 있다.

한 권의 책을 정밀하게 읽어서 그것의 밑바닥에 있는 의미를 해석하는 방법은 책의 다양한 의미를 제한하게 된다. 의미는 책의 밑에 있는 것이 아니라 책들이 다른 책들과 맺는 무수한 관계 안에 있는 것이다. 책들과 책들의 사이에서 이루어지는 관계들의 결을 파악하려면 깊이의 비전 대신에 옆으로 보는 비전을 따라가야 한다. 측면의 독서만이 맥락을 구성할 수 있기 때문이다. 그러나 관계와 차이의 놀이 속으로 들어가는 독서는 계속해서 줄기를 뻗어나가는 칡덩굴을 헤치는 것처럼 끝이 없는 작업이다. 맥락의 독서는 미완성의 독서이고, 중도에 있는 독서이고, 항상 중요한 무엇인가를 남겨놓는 잉여의 독서이다.

각 시대 사람들은 자기네가 어느 작품의 전범적 의미를 장악하고 있다고 믿을 수 있다. 하지만 역사에 조금이라도 민감한 사람은 이 단수의 의미를 복수의 의미로, 닫혀진 작품을 열려진 작품으로 변화시킬 수 있다. 의미의 다양성을 말함은 인간적 인습의 상대주의적인 관점에서 연유하는 것도 아니요, 오류로 기울어지는 사회의 경향을 지적하고 있는 것도 아니다. 오히려 그것은 개방을 향해 열려 있는 작품의 체질인 것이다.*

우리는 맥락을 규칙의 체계로 환원할 수 없다. 책들의 무한한 그물에는 엄밀한 의미에서 규칙의 체계가 없다. 책들과 책들이 얽히고설켜 있는 관계의 실타래 속에서는 의미의 통솔이 아예 불가능해진다. 맥락은 고정되고 안정된 대상이 아니라, 복합적이고 모순적인 과정이기 때문에 그것은 정의될 수 없다. 문화는 한 문장의 정언명제(定言命題)로 요약되지 않는다. 관계들의 회로를 발견할 때에만 우리는 책의 활기를 되찾을 수 있고, 책 안에 돌아다니는 의미를 파악할 수 있다. 하나의 작품은 동시대의 또는 이전 시대의 작품들과의 연결 관계 속에서만 이해된다. 어느 책도 다른 책들로부터 도망칠 수 없다.

가장 넓은 의미로 사용할 때 맥락은 태초 이래로 쓰여진 모든 책

---

* 서인석, 『성서와 언어과학』, 성바오로 출판사, 1984, 65쪽.

이 형성하는 광장이다. 맥락을 무한히 큰 책이라고 한다면, 이 지상의 여러 책들은 그 큰 책의 한 장이나 한 절 또는 한 문단이다. 책은 맥락이라는 밭에 흩뿌려져 있는 씨앗들이고, 독서는 그 씨앗을 기워서 곡식을 거두는 일이라고 할 수도 있다. 책에서 책으로 이어지는 관계의 회로를 따라가면서 독자는 책들의 의미를 재조정하고 재분배해야 한다. 맥락은 닫힌 창고가 아니라 끊임없이 변형되는 광장이기 때문에, 맥락의 정체는 언제나 우리의 손아귀를 빠져나간다. 맥락이 항상 열려 있기 때문에 맥락의 독서는 시작에서 시작으로 이어지는 놀이가 된다. 독서는 언제나 새롭게 시작하는 창조적 놀이이다. 맥락을 완성하여 고정된 한계 안에 가두겠다는 욕심은 새로운 시작을 두려워하는 인색과 게으름의 표시일 뿐이다. 모든 방면으로 흘러넘치는 맥락의 홍수 앞에서, 인색한 독자는 유일한 의미를 장악하려고 하면서 맥락의 풍부한 광장을 죽은 상품의 창고로 만들고 만다. 무한한 맥락에 대하여 인간이 취할 수 있는 유일한 태도는 겸손이다.

어떠한 독자도 맥락 전체를 포착할 수는 없다. 하루에 한 권씩 읽는다고 하더라도 1년에 3백 권, 10년에 3천 권 이상을 읽을 수는 없다. 그러나 하루에 한 권씩 읽을 수 있는 책은 아주 드물다. 바디우의 『존재와 사건』 같은 책을 읽는 데는 아마 최소한 6개월 이상이 걸릴 것이다. 그러므로 독자는 책들의 실타래에서 하나의 올을 뽑아내는 데 만족하지 않을 수 없다. 독자는 시각의 방향을 정하여 하나의 길을 선택하고, 다른 길을 포기해야 한다. 선택을 통하지 않으면 맥락은 읽을 수 있는 것이 되지 못한다. 독서는 독자가 자기에게 부과하는 한계이며, 이러한 한계 안에서만 맥락의 독서가 가능하게 된다. 걷잡을 수 없이 범람하는 맥락들에 휘말려 길을 잃지 않으려면 어쩔 수 없이 덩굴의 혼잡한 가지들을 쳐내야 한다. 폭력에 대한 벤야민과 아감벤의 견해를 비교하여 개념의 지도를 그리고 싶은 사람은 먼저 그 지도에 포함되지 않는 책들을 배제해야 한다. 독서는 쳐내버린 가지들의 희생을 필요로 한다. 이러한 손실과 희생이 없이는 누구도 맥락을 읽을 수 있는 것으로 변형하지 못한다.

맥락의 궁극적 의미를 파악했다는 오만이나 맥락을 장악하고 고정시키겠다는 환상에서 벗어나, 독자는 읽을 때마다 발견되는 관계들의 새로운 매듭들 가운데서 극히 적은 몫을 선택하고, 자기가 읽은 본문들이 교차되는 자리를 한정하여 그 책들을 관통하는 맥락의 줄거리를 구성해야 한다. 한 권의 책을 읽을 때 무의식적으로 개입하는, 그전에 읽은 책들의 간섭을 의식의 지평에 내놓아야 하는 것이다. 맥락은 어디에서 와서 어디로 가는지를 말하지 않는 수수께끼이고, 책은 맥락의 바다 그 어디에도 닻을 내리지 못하고 떠흐르는 선박이다. 맥락의 수수께끼를 풀려면 먼저 맥락이라는 문서고에 들어가 산만하게 흩어져 있는 책들을 모아 선택하고, 책들과 책들 사이에 난 틈을 상상력으로 메워야 한다.

맥락의 일부나마 이해할 수 있는 무엇으로 바꾸려면 분할과 절단이 불가피하다. 맥락의 독서는 책들 사이에 움푹 파인 균열과의 싸움이다. 아무리 애쓰더라도 맥락의 문은 닫히지 않고, 아무리 공을 들이더라도 결과로 나타난 맥락은 결함투성이다. 제외되었거나 망각되었던 책들을 흡수할 수 있는 새로운 맥락 구성 방법을 찾아 구축하고 해체하고 다시 구축하는, 선택과 대치의 놀이가 항상 새롭게 반복될 뿐이다. 그리고 이러한 차이와 관계의 놀이는 언제나 잃어버린 것을 아쉬워하고, 또 감내할 수밖에 없다. 맥락의 독서는 언제나 새롭게 다시 시작하는 놀이이면서 동시에 어떠한 책에 대해서도 언론의 자유를 유보하지 않는 놀이이기도 하다. 보물을 찾아 헤매는 강박관념 대신에 언제 어디서나 솔직하게 자기의 의견을 말하는 자신감이 필요한 것이다. 정직과 관대는 사람뿐만 아니라 책에 대해서도 통하는 덕목이다. 겸손하고 자신 있게 책을 읽는 사람이 있고, 무례하고 자신 없게 책을 읽는 사람이 있다. 올바른 독서는 책을 진리의 용기(容器)로 숭배하는 권위주의와 책을 정보의 창고로 이용하는 실용주의의 중간 어디쯤에서 수행될 수 있을 것이다. 인터넷은 정보의 동시성과 개방성을 확대하는 데 크게 기여했으나 '더 많은 정보'에 대한 강박관념을 조장한 폐단도 없지 않다. 다양한 정보의 확산으로 인해 수학과 두세 개 외국어의 학습이 학문의 기초가 된다는 상식이 무시되는 경우조차 발생하였다. 1960년대와 1970년대에는 "영·독·불은 알아야 하고 『자본론』은 읽어야 한다"는 말이 대학에서 널리 통용되었으나, 인터넷이 일상화된 요즈음에는 오히려 그런 말을 듣기 어렵게 되었다. 권위주의와 실용주의에 대립하는 기초주의의 중요성을 다시 강조하지 않으면 안 된다. 톨스토이는 인간에게 얼마나 많은 땅이 필요한가라고 질문하였지만, 이제 우리는 인간에게 얼마나 많은 정보가 필요한가라고 질문해보아야 한다. 음식에 쓰레기가 있고 공장에 폐기물이 있듯이 지식에도 찌꺼기가 있다. 온갖 잡다한 정보에 휘말려 우왕좌왕하는 현대의 속물들에 저항하여, 창조적 직관을 함양하는 데 기여하는 독서야말로 올바른 독서라고 할 수 있을 것이다. 자유롭고 창조적인 독서는 정직하고 관대한 생활의 한 부분이다.

동 학 과
더 불 어

대학원에 다닐 때 나는 조교로 교양국어연구실에서 일했다. 건
너편에는 2014년 7월에 세상을 뜨신 한국 최고의 후설 연구가 이
선관 형이 교양철학연구실 조교로 있었고 같은 해 유월에 돌아가
신 대선배 실존철학자 황문수 선생이 그 연구실에 자주 들르셨다.
명동에 있던 한국사상연구소에 황문수 선생을 따라가서 이광순 선
생(1918~1980)을 처음 뵈었다. 『한국사상』이란 학술 잡지를 내고
있던 한국사상연구소는 천도교의 지원을 받아 이광순 선생이 운영
하던 국내의 유일한 한국사상 연구 단체였다. 회장은 박종홍 교수
였는데 후에 책으로 나온 『한국철학사』(고대편)를 『한국사상』에 연
재하고 있었다. 이광순 선생을 만나 뵈온 후부터 나도 모르게 동학

을 좋아하게 되었고 「용담유사의 내용 분석」이란 논문을 쓰게 되었는데 이것이 석사 논문 이후에 내가 최초로 쓴 논문 형태의 글이었다. 그렇게 일찍 동학을 가르쳐주셨는데 동학에 대해 제대로 된 책한 권 낸 것이 없으니 저승에 이민 가서 선생을 뵐 면목이 없다. 수운을 마지막 장에 배치하는 『19세기 한국 지성사』를 써보고 싶으나 새로운 계획을 세우기에는 힘겨운 나이가 되었다. 고심 끝에 겨를이 나면 우선 1978년에 낸 『최제우 작품집』(형설출판사)과 1994년에 낸 『동학의 이해』(고려대출판부)를 읽기 쉽게 다시 손질하여 '수운선집(水雲選集)'이라는 제목으로 정리해보기로 하였다.

수운(1824~1864)의 초명은 제선(濟宣)이고 아명은 복술(福述)이며 자(字)는 성묵(性黙)이다. 그의 아버지 최옥(1762~1840)은 50세에 동생 최규의 아들 제환을 양자로 들였고 63세에 예식을 올리지않고 동거한 한씨에게서 수운을 낳았다. 수운은 1843년 열아홉 살에 집을 나와 진리를 찾기 시작했다. 1859년에 이름을 제우(濟愚)로 고치고 스스로 호를 수운(水雲)이라 했다. 우리나라 최초의 노비 해방자로서, 여자와 아이를 하느님으로 존중한 인권운동가로서, 봉건주의에 대한 반항자이며 침략주의에 대한 항거자로서 그리고 무엇보다 토착 민주주의의 창시자로서 우리는 수운 최제우의 역사적 위상을 늘 새롭게 확인해보아야 한다. 수운의 역사적 의미는 이미 고정된 과거가 아니라 현재 우리가 어떻게 행동하느냐에 따라 변화하는 미래의 사건이다.

1989년 12월에 나는 영국 케임브리지에 있었다. 아내가 학기를 끝내고 이듬해 2월 말에야 아이를 데리고 올 수 있었기 때문에 석 달 가까이 혼자 있어야 했다. 처음 간 이국에서 나는 모든 일에 서툴렀다. 연구소에 가서 인사하기도, 집을 구하기도, 아이의 학교를 정하는 것도 어느 것 하나 자신이 없었다. 그때 나는 이국의 거리를 걸으면서 동학 주문을 외웠다. 어느 날 주문을 열심히 외우고 있을 때 갑자기 마음의 평화가 찾아왔다. 주위의 나무들이 비로소 아름답게 보였다. 그후로 모든 일이 쉽게 풀렸다. 밀턴 로드에 방 세 개 딸린 집을 구했고 체스터턴 커뮤니티 칼리지의 해드윅 교장을 만나 아이의 학급도 정했다. 한국어 강의를 맡아달라는 동양학부 코니츠키 교수의 부탁은 굳이 거절했다. 강의를 하기 싫어서 영국에 왔다고 대답했으나 사실은 영어로 강의할 자신이 없었기 때문이었다.

정직하고 관대한 마음과 단순하고 소박한 바탕을 지키기 위한 자기 훈련의 방법을 수운은 "시천주 조화정 영세불망 만사지(侍天主 造化定 永世不忘 萬事知)"라는 열석 자 주문으로 요약하였다. 주문이란 원래 그 한 자 한 자에 헤아릴 수 없는 뜻이 들어 있어서 그것을 외우면 일체의 장애를 제거할 수 있고 크나큰 이익을 얻을 수 있다고 하는 글이다. 그러나 "훔치훔치/태을천상원군/훔리치야도래/훔리함리사파하"라는 증산의 주문과 비교해볼 때 "하느님을 모시면 진리가 체득되고 하느님을 길이 잊지 않으면 만사가 이해된다"는 수운의 주문은 알 수 없는 의미가 포함되어 있지 않은 기도문이다. 하느님은 진리의 근거이고 진리는 지식의 목적이다. 인간의 지식에는 결여가 있으므로 인간에게 진리는 언제나 아직 없는 것이다. 진리에 헌신하는 사람을 참된 사람이라고 한다. 백만 년 후에도 인간은 지식에 만족하지 않고 진리를 추구할 것이다. 천지(해땅)는 온 생명이고 사람과 조수초목은 낱 생명이다. 만사를 이해하는 사람은 온 생명도 존중하고 낱 생명도 존중한다.

시(侍)라는 것은 안에 신령이 있고 밖에 기화(氣化)가 있어서 온 세상 사람들이 각각 옮기지 못할 것을 앎이다. 주(主)란 그 존경함을 이름이니 어버이와 한가지로 섬기는 것이고, 조화(造化)란 작위가 없이 저절로 화육(化育)함이고, 정(定)이란 그 덕에 합치하여

그 마음을 바르게 정함이다. 영세(永世)라는 것은 사람의 평생이
요, 불망(不忘)이라는 것은 티 없이 곱게 생각한다는 뜻이다. 만사
(萬事)라는 것은 수의 많음이요 지(知)라는 것은 그 도를 알아서 그
슬기를 믿음이다.

—「논학문」

하느님을 모시는 일은 온 세상 사람들이 각각 옮기지 못할 마음
바탕을 티없이 곱게 간직하는 행동이다. 제 안에 있는, 옮길 수 없
는 것은 바로 단순과 소박이고 정직과 관용이다. 하느님의 뜻과 서
로 통하는 자신의 단순하고 소박한 마음 바탕을 어버이처럼 섬김
으로써 체득되는 신비란 정직하고 관대한 사람이 느끼는 크나큰
환희이다. 영국에서 주문을 외우면서 나는 이 환희의 끝자락을 조
금 만져보았다. 단순한 마음 바탕을 평생토록 지키려고 애쓰노라
면, 저절로 하느님의 마음이 곧 사람의 마음이 되는 정직과 관용의
길을 이해하게 된다. 수운의 기도문에는 '모신다' '체득된다' '잊지
않는다' '이해된다' 등의 네 개의 동사가 나오는데, 그 가운데 둘은
능동사이고 둘은 피동사이다. '모신다'와 '잊지 않는다'가 인간의
주체적 활동이라면 '체득된다'와 '이해된다'는 하느님의 뜻에 따
르는 수동적 활동이다. 정직과 관용에는 비의지의 의지가 필요하

다는 의미일 것이다. 사람은 자기의 의지로 정직과 관용을 실천할 만큼 전능한 존재가 아니다. 인간은 자신이 누리는 단순하고 소박한 삶을 하느님의 선물이라고 생각해야 한다. 그렇다면 어떤 사람의 허위와 편협은 하느님의 징벌이다. 『장자』에는 "하늘이 벌준 것을 어찌 풀 수 있겠느냐(天刑之어든 安可解리오)"라는 말이 나오는데 해코지하는 사람을 욕하기보다 이렇게 생각하면 성가신 중에도 약간의 여유가 생긴다.

모들린 칼리지 앞 고서점에서 우연히 니체의 책들이 모여 있는 것을 보고 콜리와 몬티나리가 판본들을 면밀하게 대교하여 편찬한 『비평판 차라투스트라』를 샀다(이 판본을 강디약이 번역한 불어본도 나중에 거기서 구했다). 다른 일 없이 책 한 권에 집중하다보니 드문드문 나오는 19세기 철자법이 성가시기는 했으나 두 달이 다 못 되어 책 한 권을 다 읽을 수 있었다. "모든 사람을 위한 책 그리고 어느 누구를 위한 것도 아닌 책"이라는 부제에서 나는 수동적 추종이 아니라 능동적 자기 학습을 요구하는 니체의 의도를 읽을 수 있었다. 그러나 혼자서 사전 하나에만 의지하여 읽었으니 나의 해석을 독문과 교수가 들었다면 포복절도할 일이 많았을 것이다. 어느 정도 이해하였느냐고 묻는다면 자신 있게 대답하기 어렵지만 한국으로 돌아오면서 독일어 책 한 권을 혼자 끝까지 읽어낸 것으로 이역에서 허송한 세월을 스스로 위안했던 기억이 남아 있다.

교수회관이라고 할 수 있는 유니버시티 센터에서 점심을 먹고 휴게실에 앉아 저녁식사 시간까지 그냥 니체를 읽던 어느 날 갑자기 『차라투스트라』가 동학 주문의 해설이라는 생각이 머리에 떠올랐다. 열석 자 주문을 외울 때에는 먼저 지기금지 원위대강(至氣今至 願爲大降)이란 여덟 자를 머리에 붙이기로 되어 있다. 지기(至氣)란 무엇인가? 나는 지기를 니체가 말하는 힘에의 의지라고 생각한다. 니체는 2부「자기초극」에서 힘에의 의지를 "의지 그 자체"로 보고 "살아 숨쉬는 것이 있으면 반드시 힘에의 의지가 있다"고 하였다. "힘에의 의지는 참에의 의지를 발로 삼아 걷는다"라고도 하였다. 정작 독일어로 책을 읽어보니 힘에의 의지(Wille zur Macht)를 권력의지라고 옮기는 것이 오역인 것을 확실하게 알게 되었다. 3부「세 가지 악」에 비열한 의지를 의미하는 권력의지(Herrschsucht)가 나오기 때문이다. 기(氣)는 공기이지만 기운을 의미하기도 한다. 그렇다면 기와 힘은 같은 말이 된다. 지극한 기운은 자기가 모순적 존재라는 사실을 견디는 힘이다. 키츠는 그것을 빛과 그늘, 선과 악에 똑같이 흥미를 느끼는 소극적 수용력이라고 하였다. 소극적 수용력을 가진 시인에게는 자기가 없고 성격이 없기 때문에 그는 모든 것이고 동시에 아무것도 아니다. 그러한 힘을 가진 사람이 실제로 있는지는 알 수 없으나 그러한 힘을 원하는 의지가 누구에게나 있다는 사실을 부정할 수는 없을 것이다. 의지란 결국 원(願)이다.

니체는 신의 죽음을 말하고 수운은 시천주를 말하니 정반대인 것 같지만 서문에 나오는 "신은 죽었다"와 1부 「베풂의 미덕」에 나오는 "신들은 모두 죽었다"와 1부 「저 세상을 믿는 사람」에 나오는 "신은 인간이었다"를 함께 놓고 생각해보면 거기에는 "인내천(人乃天)과 통하는 면이 있다고 할 수 있다. 유대교와 기독교와 이슬람교는 천당 가려고 믿는 종교인 데 비하여 동학은 천당을 전제로 하지 않으면서 세상에는 존재의 근거가 있다고 믿는 종교이다. 수운의 동학은 천당 종교가 아니다. 존재의 근거는 합리적인 것들의 근거가 되지만 더이상 따져들어갈 수 없으며 일인지 다인지조차 알 수 없다는 의미에서 궁극적 비합리이다. 니체가 신의 죽음이라고 말하는 것은 대상 논리로 규정할 수 있는 존재자는 존재의 근거가 될 수 없다는 것이다. 주어라고도 할 수 없고 술어라고도 할 수 없으며 신이라고도 할 수 없고 악마라고도 할 수 없는 모순의 작용을 자기 존재의 핵심에서 인식하는 사람만이 합리의 근거가 되는 궁극적 비합리를 신앙할 수 있다. 4부 「인사」에서 초인을 "웃음 웃는 사자들(Lachende Löwen)"이라고 복수로 쓴 것으로 미루어본다면 위버멘쉬는 단수로 쓰여 있지만(Übermenschen이 아니지만) 개적 인간(個的 人間)이 아니라 모순을 인식하면서도 근거를 신앙하는 유적 인간(類的 人間)이다. 모순 인식이 근거 신앙으로 비약하지 못하면 정신의 장애가 발생한다. 정신병과 근거 상실은 동의어이다. 시천주는 위기와 동요 속에서도 근거에 대한 믿음을 포기하지 않는 무아의 내맡김이고 영세불망은 세상의 메마름을 견디면서 "그게 인생이었어. 좋아 다시 한번!(War das das Leben? Wohlan! Noch Einmal!)"이라고 말할 수 있는 영겁회귀의 수용이다. 힘에의 의지는 사실이고 영겁회귀는 사상이다. 영겁회귀는 동일한 것들의 반복이나 재현이 아니다. 돌아오는 것은 우연한 것들, 다양한 것들이다. 영겁회귀는 다름에서 같음을 산출하고 같음에서 다름을 선별하여 고유한 특이성을 구성하는 차이와 생성의 회귀이다. 우리는 영겁회귀를 의견의 차이로 인한 분쟁이나 오해로 빚어지는 갈등이 아니라 질서에 침투하여 새 질서를 창조하는 무질서의 항상 새롭게 쇄신되는 창조적 활동이라고, 다시 말하면 생사를 걸고 투쟁하는 역사적 실천이라고 해석해야 한다.

모든 것은 가고, 모든 것은 되돌아온다. 존재의 수레바퀴는 영원히 회전한다. 모든 것은 이울고 모든 것은 다시 꽃핀다. 존재의 역년(曆年)은 영원하다. 모든 것은 흩어지고, 모든 것은 새로 모인다. 존재는 영원히 동일한 집을 짓는다. 모든 것은 헤어지고, 모든 것은 다시 만나 인사를 나눈다. 존재의 원환은 영원히 자신에게 충실하다. 매순간 존재는 시작된다. 이곳을 중심으로 저곳의 공이 회전한다. 중심은 어디에나 있다. 영원의 길은 굽어 있다.

―3부 「회복기의 환자들」

하느님을 모시고 하느님을 잊지 않으면 조화가 정해지고 만사가 알려진다고 할 때 조화가 정해진다는 것은 이 땅에서 내가 갈 길이 어느 쪽인가를 결정할 수 있게 되었다는 것이고 만사가 알려진다는 것은 이 세상에서 내가 할일이 무엇인가를 알 수 있게 되었다는 것이다. 위기와 동요에도 불구하고 추구하는 방향을 견지할 수 있다는 것은 궁극 의미의 존재를 전제로 하는 것이고 불안과 공포에도 불구하고 지금 여기서 할일을 계속할 수 있다는 것은 노동체계의 이해를 전제로 하는 것이다. 조화(造化)란 다른 말로 하면 도(道)이다. 생사를 걸고 갈 길을 결단하면 우주의 리듬에 맞춰 춤출 수 있게 된다. 차라투스트라는 어느 날 숲속의 늪가에서 피투성이 사내를 밟았다. 그는 거머리를 연구하기 위하여 진흙탕에 누워 거머리에게 물리고 있는 중이었다. 그는 차라투스트라에게 자신을 "정신의 양심분자"라고 소개한다.

정신과 관계된 문제에 대해 내게 가르쳐준 차라투스트라를 제외하고는 나만큼 엄격하고 주도면밀하고 가차없는 자는 없을 것이다. 어중간한 박식보다는 차라리 무식이 낫다. 원래 제 생긴 대로 바보로 있는 것이 남의 소견만 따르는 현자보다 낫다. 나는 무엇이든 뿌리 속까지 캐어내려 한다. 그 대상이 크고 작고 한 것이 무슨 문제가 되느냐? 그것이 늪이건 하늘이건 무슨 상관이 있겠느냐? 손바닥만한 땅일지라도 참말로 바탕이 되고 근거가 된다면 나에게는 충분한 것이다. 손바닥만한 땅, 나는 그 위에 설 수 있다. 옳은 지식과 양심에는 너무 작은 것이란 없는 법이다.

―4부 「거머리」

차라투스트라도 4부 「징조」에서 "내가 언제 행복을 좇아 살았나? 나는 일을 따라다니며 살았을 뿐이다"라고 말했다. "허학보다는 무식이 낫다(Lieber nichts wissen, als vieles halb wissen)"라는 말은 그후 나의 좌우명이 되었다.

시호(時乎) 시호 이내 시호

부재래지(不再來之) 시호로다

만세일지(萬歲一之) 장부(丈夫)로서

오만년지(五萬年之) 시호로다

용천검(龍泉劍) 드는 칼을

아니 쓰고 무엇하리

무수장삼(舞袖長衫) 떨쳐입고

이 칼 저 칼 넌짓 들어

호호망망(浩浩茫茫) 넓은 천지

일신으로 빗겨 서서

칼노래 한 곡조를

시호시호 불러내니

용천검 날랜 칼은

일월을 희롱하고

게으른 무수장삼

우주에 덮여 있네

만고명장 어디 있나

장부당전(丈夫當前) 무장사(無壯士)라

좋을시구 이내 신명

이내 신명 좋을시구

—「검결(劍訣)」

『고종실록』 고종 1년(1864) 2월 29일 조에는 「검결」에 대한 기사
가 세 차례 기록되어 있다. 경상감사가 문초하면서 '무수장삼'의 의
미를 물으니 수운은 "춤출 때 입는 긴 적삼의 소매"라고 대답하였
다. 수운의 제자들을 문초할 때에도 그들은 한결같이 「검결」을 안
다고 대답하였고 수운의 아들 최인득은 나무칼을 들고 춤추면서
「검결」을 부르곤 했다고 하였다. 만 년에 한 번 나오는 장부가 5만
년에 한 번 닥치는 때를 만났다는 구절은 지금 이곳의 소중함을 의
미한다. 수운은 복잡하고 간사하게 얽혀 있는 마음의 실타래를 용
천검으로 끊어내고 단순하고 소박한 마음의 가닥을 찾아내려고 하

였다. 이 시에서 칼의 이미지는 춤의 이미지와 겹쳐져 있다. "용천검 드는 칼을 아니 쓰고 무엇하리"라는 문장은 인간의 역사적 실천을 의미하겠지만, 소매는 길어서 우주를 덮는다는 구절에 나오는 '게으른'이란 형용사가 칼의 날카로움과 대조되어 이 땅에서의 역사적 실천을 일월과 함께 추는 우주적 무도(舞蹈)로 확대하고 있다. '장부 앞에는 장한 이가 따로 없노라'의 장부는 자신의 단순하고 소박한 마음 바탕에 비추어서 복잡하고 간사한 행동을 하찮게 여기는 사람이다. "때는 왔다"고 하는 경우의 때가 영원과 통하는 현재를 말한다는 것은 의심할 여지가 없다. "좋을시구 이내 신명, 이내 신명 좋을시구"라는 마지막 문장은 고유성과 창조성의 실현을 의미한다.

니체를 읽으면 수운이 보이고 수운을 보면 형편없는 나의 몰골이 떠오른다. 비록 보잘것없이 살고 있는 것이 죄송스럽기는 하지만 그래도 수운이 예전에 밟은 땅을 지금 딛고 산다고 생각하면 언제나 황홀하게 자랑스럽다.

자 정 의

성 찰

아내는 나를 대인기피증 환자라고 부른다. 50년을 함께 산 사람이니 그 말이 맞을 것이다. 나는 집에 혼자 있는 것을 제일 좋아한다. 요즈음 만나는 사람들에게 정년을 하면 대개 우울해하는데 당신은 왜 그리 편한 모습이냐는 질문을 받는 일이 드물지 않다. 그동안 나에게 잘해준 학생들을 생각하면 학교에 안 나가기 때문이라는 말은 할 수 없어서 "논문 안 써도 되니까"라고 대답한다. 술자리에서 말을 많이 하는 것도 대인기피증의 한 표현이다. 편하지 않아서 말을 그치지 못하는 것이다. 모세가 받은 십계명은 신에 대한 계율과 인간에 대한 계율로 나누어져 있는데 전반부에는 "하느님의 이름으로 맹세하지 말라"가 들어 있고 후반부에는 "거짓 증언하지 말라"가 들어 있다. 맹세와 증언의 금지는 언어 표현의 금지다. 사주 보다 혼이 난 스님의 이야기가 있다. 공양주 보살이 정혼한 딸의 사주를 보아달라고 하여 격국과 용신을 따져보니 남편 복이 없는 기신(忌神)이 나오기에 좋은 사주가 아니라고 말해주었다가 그 말을 전해 들은 큰스님에게 "말 안 하면 귀신도 모른다. 이미 정해진 혼사에 나쁘다는 말을 해서 마가 끼어들게 했으니 너 같은 녀석은 죽을 때까지 다시는 사주를 보면 안 된다"라고 야단을 맞았다는 것이다. 나도 일흔이 넘어 잘라놓은 그루터기처럼 마음이 말라가고 있으니 이제는 남 앞에서 거북하더라도 침묵하는 것을 배워야 하겠다. 마음은 마르고 몸만 살지니 스스로 돌아보아 한심하기만 한데 불행인지 다행인지 콩팥에 문제가 생겨서 술을 못하게 되었다.

어려서부터 내게는 큰 꿈이 없었다. 할아버지(金周永, 1886. 6. 24.~1959. 10. 3.)께서 돌아가신 후 나는 할머니(崔貞順, 1897. 4. 18.~1982. 3. 11.)와 어머니(李慶子, 1926. 5. 1.~2016. 11. 10.)를 어떻게 모실 것인가만 걱정하며 어린 시절을 보냈다. 거의 쉰에 가깝도록 먹고사는 것이 최대의 문제가 되었었다. 쉰이 넘어서 생활은 조금 여유가 생겼지만 숙제처럼 책 읽고 글 쓰고 술 마시며 세월을 다

보내고 나니 이제는 가고 싶은 길이 어느 쪽이었는지도 잊어버렸다. 나는 사유(思惟, 삼칼파)를 마음밭 일이라고 새겨본다. 밭 전(田) 자와 마음 심(心) 자로 되어 있는 생각 사(思) 자를 마음밭이라고 풀어본 것이다. 밭은 흙 고르고 씨 뿌리고 물 대고 김매고 거두는 때를 어기지 않으며 쉬지 않고 일하지 않으면 황폐하게 된다. 마음밭 일에는 희랍어로는 스콜레라고 하고, 라틴어로는 오티움이라고 하는 여유로운 긴장이 필요하다. 마음밭 일도 일이다. 일을 하려면 입품을 줄이고 손품과 발품을 늘려야 한다. 마음밭 일은 침묵 속에서 원리로 환원할 수 없는 사실들을 인식하는 훈련이다. 호흡이 흐트러지면 생각도 빗나간다. 말없이 집중해서 마음밭 일을 하는 것은 다른 사람의 눈에 쉬는 것처럼 보인다. 마음밭 일도 배추밭 일이나 고추밭 일처럼 느긋하게 메마름을 견뎌내면서 부지런을 떨지 않아야 하고 방일(放逸)하지 않아야 한다. 일하는 것도 아니고 노는 것도 아니고 멍청하게 시간을 보내는 것을 방일이라고 한다. 잘난 체하고 알은체하고 있는 체하면서 남들이 그렇게 봐주지 않는다고 속상해하는 '제나'에게 굴복하면 생각이 비뚤어진다. 제나는 남들이 만들어 나에게 던진 겉 나 또는 겉 나를 재료로 삼아서 그것들에 맞추거나 맞서면서 내가 얽어 짜낸 닫힌 나이다. 사람에게는 언제 어디에서 누구와 만나도 같이 살 수 있는 힘이 있어야 하고 언제 어디서 누구를 만나도 맞서 싸울 수 있는 힘이 있어야 한다. 못된 사람에게 못되게 구는 것이 평화를 유지하는 방법이 될 수 있기 때문이다. 사유하는 것은 제나가 설치지 못하도록 제나보다 좀더 깊은 차원에서 질문하는 것이다. 닫힌 나를 제나라고 하고 열린 나를 빈 나라고 한다. 빈 나에는 모순을 버텨내는 힘이 있고 메마름을 견뎌내는 힘이 있다. 어떤 것도 아니기 때문에 무라고 할 수밖에 없는 이 힘(至氣)이 바로 하느님의 선물이다. 사유란 죽음을 하느님께 맡기고 갈 길과 할일에 집중하는 행동이다. 무신론에서는 자연에 맡긴다고 하겠지만 나의 죽음을 맡길 수 있는 님이라면 그 님을 우주라고 하거나 하느님이라고 하거나 크게 다르지 않을 듯하다. 물리학자 장회익 교수는 한몸이 되어 움직이는 천지(해―땅)를 낱 생명의 근거가 되는 온 생명이라고 하였다.

죽기 전에는 누구나 지금 갈 길과 이제 할일을 찾아보려고 노력해야 한다는 의미에서 이제 금(今) 자와 마음 심(心) 자로 구성되어 있는 정념의 념(念, 스므리티) 자를 고려대 국문과의 이규항 선배를 따라서 "이제 마음"이라고 새겨보았다. 미래나 과거가 아니라 현재의 핵심에 가라앉는 것이 바로 정념(正念)일 것이다. 결혼하기 위하여 취직하고 자식 결혼시키기 위하여 저축하고 이렇게 미래를 위하여 산다는 것은 결국 미래의 종말인 죽음을 위하여 사는 것이 되므로 정념이 없으면 정견(正見)도 불가능하게 될 것이다. 이제 마음을 챙기지 못하는 사람은 인지 착오에서 벗어나지 못한다. 하느님도 모세에게 네가 서 있는 지금 이곳은 신성한 땅이니 신을 벗으라고 하였다.

업(카르만타)에는 선업과 악업이 있다. 정업(正業)은 물론 선업을 말하지만 나는 그것을 "나쁜 짓 안 하고"라고 풀었다. 음탕은 짐승처럼 살게 하고 착취는 귀신(아귀)처럼 살게 하고 폭력은 독재자(아수라)처럼 살게 한다. 제 안에 도사린 모순에 항복하여 존재의 근거를 상실하면 세상은 지옥이 될 것이다. 윤회는 저승이 아니라 이승에서 일어나는 사건들이다. 불교는 자유의지를 하나의 사실로서 전제하고 자유의지를 설명하는 데 적합하지 않다는 이유로 모든 것이 필연이라는 생각과 모든 것이 우연이라는 생각을 부정한다. 지금 나쁜 짓을 안 하면 과거에 저지른 나쁜 짓의 지배력이 약화된다. 명(命)은 명령이 아니라 목숨을 유지하는 데 필요한 직업(아지바)을 가리킨다. 유교의 명은 하늘의 영원한 명령이고 불교의 명은 먹을 것을 구하는 현재의 노동이고 세속의 명은 과거가 결정하는 운명이다. 현재의 노동이 운명을 바꿀 수 있다고 보는 불교의 명은 자유의지를 전제한다. 정진(精進, 바야마)의 정 자는 알뜰할 정 자이고 진 자는 걸어나아갈 진 자이다. 과거나 미래보다 현재 한 걸음씩 걸어나가는 것을 더 중요하게 여기는 것이 불교의 정진이다(누가 팔정도의 바야마와 육바라밀의 비르야가 어떻게 다른지 가르쳐주었으면 좋겠다). 정진에 과거를 변화시키고 미래를 앞당기는 고통(忍辱)이 따르리라는 것은 너무나 당연한 일이다. 고통을 피하는 사람은 어떠한 일도 성취하지 못한다.

사마디(定)는 무에 자신을 맡기는 비개입이다. 세상은 과학이 통하는 차원과 과학이 통하지 않는 차원으로 구성되어 있다. 일관 논리로 풀 수 없는 자기모순을 인식하게 하는 데 사마디의 의미가 있다. 판치생모(板齒生毛, 앞니의 털)라는 초일관 논리는 붓다이면서 악마인 내 안의 모순을 경험하게 한다. 과학에서는 앞니에는 털이 나지 않는다고 말한다. 그러나 우리는 앞니에 털이 나는 것을 겪고 산다. 암에 걸린 사람은 과학적인 이유와 원인이 어떠하건 마른하늘에 날벼락을 맞았다고 생각한다. 나는 기독교의 "동정 잉태(virgin mother)"도 그런 초일관 논리(paraconsistent logic)라고 생각한다. 비생산적 순수는 안 된다고 하는 것이 동정 잉태의 뜻이다. 생산성(잉태)과 순수성(동정)을 함께 갖춘 최고의 길벗을 얼사람이라고 한다. 얼사람을 만나지 못한 사람은 갈 길과 할일을 쉽게 찾지 못한다. 평생토록 얼사람을 한 번도 만나지 못한 채 사는 사람은 불행한 사람이다. 어떤 형상도 아니라면 하느님은 없꼭대기(무극)일 것이다. 불자들은 법신(비로자나불)과 화신(석가모니불)과 보신(아미타불)을 믿는다. 『기신론(起信論)』에 따르면 화신(化身, 니르마냐-카야)은 인도 사람 부처님이고 보신(報身, 삼보가-카야)은 내 마음속에 있는 나의 부처님이다. 기독교로 본다면 성경 속에 있는 예수님을 화신이라고 할 수 있고 내 마음속에 있는 예수님을 보신이라고 할 수 있을 것이다. 그렇게 본다 하더라도 예수님이 하느님이라고 믿기만 하면 구원받는다는 기독교의 삼위일체 신앙을 받아들이는 것은 쉬운 일이 아니다.

성부와 성자와 성령은 하느님이다.
성부와 성자와 성령은 같지 않다.
하느님은 한 분이다.

성부도 신이고 성자도 신이고 성령도 신이라면 신은 유일신이 될 수 없다고 생각했기 때문에 무하마드는 성자와 성령을 부인하고 아브라함의 유일신교로 돌아갔다. 나는 법신-화신-보신의 구조를 하느님–부처님–얼사람의 구조로 풀어보고 싶다. 악마에게도 배울 점이 많겠지만 하느님이 악마보다 조금이라도 더 강하기 때문에 세상이 멸망하지 않고 유지될 것이다. 세상에는 수많은 종류의 사람들이 살고 있다. 이완용처럼 일신의 이익을 위해 나라를 배반하는 사람이 있는가 하면 안중근 의사처럼 동양의 평화를 위해 목숨을 바치는 사람도 있다. 부처님은 저만 앎을 모르는 사람이다. 우리가 부처님처럼 살 수는 없지만 부처님을 믿으면 저밖에 모르는 사람들과 저만 앎을 모르는 부처님 사이에서 자기가 갈 수 있는 길을 설정하여 독재자도 안 되고 노예도 안 되는 방향으로 행동의 갈피를 지을 수 있다. 그러나 하느님과 부처님을 믿는 것은 산냐(saññā, 관념 작용)를 여의는 일이므로 하느님과 부처님은 삶의 근거가 될 수는 있지만 삶의 표준이 될 수는 없다. 생물은 탄생과 죽음을 반복하며 흐르고 사물은 형성과 파괴를 반복하며 흐른다. 이 세상에는 영원한 것이 존재하지 않는다. 인간은 사멸하는 눈으로 파괴되는 대상을 본다. 인간에게는 영원한 눈이 없다. 인간은 현재 이 순간에 그때그때 보편적이라고 생각되는 행동을 결단하지 않을 수 없다. 참이 미래시제로만 존재하기 때문에 인간의 행동에는 진리의 결여라는 고통이 수반된다. 백만 년 후에도 인간은 제가 아는 것을 넘어서 참을 찾고 있을 것이다. 부처님을 삶의 표준으로 삼는다는 것은 나 같은 자에게는 말도 안 되는 일 같아서 나는 내가 만난 사람 가운데서 그 사람처럼 살고 싶다고 생각하게 하는 사람을 따라가며 인생을 설계하려고 한다. 스승이나 선배를 최고의 길동무로 삼는 사람은 행복한 사람이고 후배나 제자를 최고의 길동무로 삼는 사람은 더 행복한 사람이다. 성경보다는 불경을 많이 읽었지만 성불할 수 있다는 생각이 전혀 들지 않는 것으로 미루어보면 내가 믿는 불교는 기독교화된 불교라고 해야 할 것 같다.

기독교 신앙은 부활 신앙이다. 기독교 신자는 십자가에 못 박혀 죽은 예수의 부활을 신앙하고 나의 부활을 희망한다. 부활은 죽음 이후에 오는 사건이 아니라 지금 여기서 죽음(thanatos)을 받아들이고 견딜 수 있게 하는 힘(eros)이다. 기독교의 부활은 모순을 견디게 하는 힘이 될 수 있고 때로는 세상에 이의를 제기할 수 있는 힘이 될 수 있다. 불교에서는 세상을 그러한 힘의 연병장으로 만드는 삶을 참선이라고 한다.

님께 죽음 맡기고

이제 마음 챙기며

눈 조심 입 조심

나쁜 짓 안 하고 열심히 일하고

　잘 걷고 잘 그침

　이 팔정도의 '하라'를 '말라'로 뒤집으면 죽이지 말고 훔치지 말고 넘치지 말고 속이지 말라는 네 가지 계율이 된다. 간음할 음(淫) 자는 원래 물 넘칠 음 자였다. 섹스를 지나치게 해서 건강을 상하게 하는 것도 음이고 여러 여자와 섹스를 하여 법망에 걸리는 것도 음이다. 공부를 과도하게 하는 것도 음이라고 할 수 있을 것이다. 공부를 잘못하면 책의 무게에 짓눌러서 아무것도 못하게 된다. 정년을 하면서 오천 권 넘는 책을 정독 도서관 등 몇 도서관에 나누어 주었는데도 아직도 집이 책 때문에 숨을 쉬지 못한다. 그중에 거의 절반이 불경이다. 40년 전 창덕궁 앞에 있던 알타이 하우스에서 홍콩 불경유통처의 『60화엄』 20권을 발견하고 아내에게 30만 원을 가져오라고 전화해서 전질을 구입한 적도 있었다. 정년 후에 읽으려고 사놓았는데 막상 정년을 하고 나니 리사이클하겠다는 데가 여기저기 있어서 불경을 손에 들 겨를이 없다. 나 떠나면 애써 모은 책들이 남은 사람들에게 짐이 될까 두렵기만 하다. 계산 없이 주는 것을 보시라고 한다. 베르나노스는 도덕을 먹고사는 벌레들을 싫어하였지만 도덕이 많은 바리사이들의 위압적 권위주의는 정말로 끔찍스럽다. 그들은 조금도 주지 않고 받으려고만 하거나 준 것에는 반드시 이자를 붙여서 받으려고 하는 자들이다. 그들은 명성도 이자가 붙는 돈처럼 계산한다. 팔정도를 네 가지로 요약하면 시계인진(施戒忍進, 다나·실라·크산티·비르야)이 되고 한마디로 줄이면 간디가 좋아한 아힘사(불살생)가 된다. 꽃을 잘되게 한다는 점에서 원예도 아힘사이고 집을 잘되게 한다는 점에서 청소도 아힘사이다. 그러나 해치지 않고는 살 수 없는 것이 사람이므로 결국 아힘사는 상처받은 사람들이 서로 위로하며 살자는 관용 이상이 될 수 없을 것이다. 해코지하는 사람들은 늘어나고 남 잘되라고 기도하는 사람들은 적어지는 것을 보면서도 나는 남 잘되게 하는 일을 아무것도 하지 못하고 산다. 20년 동안 한 번도 미사를 빠지지 않았다는 우리집 아이에게 하느님께 무엇을 비느냐고 물었더니 "동료 피조물들 잘되라고 기도한다"고 대답했다. 기독교에도 인간 사랑을 넘어서는 만물 사랑(아힘사)이 있다는 것을 알았다.

세상 가득한 죽임 훔침 넘침을 가로지르며
적은 돈 적은 도덕
하고잡 없이 맞듦

인간이 없어도 피타고라스의 정리가 자연에 두루 통하듯이 붓다가 없어도 불법은 변함없이 세상에 두루 통할 것이다. 부처님은 사람들이 모르는 말을 하시지 않았다. 불경은 인간의 의식과 행동을 기술한다. 나는 신자와 비신자의 차별이 분명하지 않기 때문에 불경 읽기를 좋아한다. 사람의 마음에는 진여와 무명이 동거한다. 진여는 생각이 가치를 실현하는 방향으로 움직이게 하는 힘이다. 붓다는 사람이면 누구나 추구하는 가치의 구현자이다. 무명이 부처님께로 가는 길을 방해한다. 무명의 방해를 극복하면서 보람 있게 살아야 한다는 것은 부처님을 믿지 않는 사람에게도 통하는 보편적 충고이다. 그러나 많이 먹지 말고 적게 먹지 말고 알맞게 먹으라는 말은 얼마나 지키기 어려운 충고인가? 자비의 전제조건은 겸허한 마음(下心)으로 지옥을 정시하는 상황 파악 능력(觀)이다. 고통과 불행의 바닥까지 내려가서 관찰하는 분석 능력을 『기신론』에서는 위파사나라고 했고, 『원각경』에서는 사마파티라고 했다. 존재의 무자성(無自性, 영원하지 않음)을 인식하는 사람은 판단을 중지하고 비개입의 자세를 견지한다. 욕망의 개입을 차단하는 사마타(止)의 목적은 평등 공리의 실현에 있다. 자비(慈悲)라는 한자어는 아들에 대한 어머니의 사랑을 연상하게 하지만 '마이트리카루나'라는 산스크리트어는 평등 공리를 연상하게 한다. 마이트리는 '미트라(친구)'라는 명사가 전성된 동사의 동명사 형태이고 카루나는 남의 신음 소리에 귀를 기울인다는 동사의 비한정 형태이다. 만나는 모든 사람을 친구로 여기고 그들의 고통을 자기의 상처로 아파하는 것이 자비의 본뜻이다. 노동자를 만나면 정직하게 노동하도록 도와주고 자본가를 만나면 착취 없이 경영하도록 도와주는 것이 그들을 잘되게 하는 행동이다. 불교에서는 그것을 '색즉시공'이라고 한다. 색(루파)은 파괴되는 것이고 공(수냐타)은 파괴되지 않는 것이다. 색도 존중하고 공도 존중해야 한다는 평등 공리가 색즉시공의 의미이다. 존중을 영어로 리스펙트(respect)라고 하는데 그것은 다시(re) 본다(spect)는 의미이고 있는 것을 있는 그대로 본다는 의미이다. 우리는 생에도 공을 들이고 사에도 공을 들여야 한다. 생사를 초월한다는 것은 생사를 차별하지 않는다는 것이다. 병이 들면 의사의 지시를 따라 정성스럽게 수술을 받고 약을 먹는 것이 죽음에 공을 들이는 일이며 만나는 모든 사람을 친구로 여기고 잘되라고 빌어주는 것이 삶에 공을 들이는 일이다.

안 먹어 아프지 않게 많이 먹어 탈나지 않게

빈 나로 제나 건너 제나 다시 빈 나에

생에도 극진 사에도 극진, 빛이 바로 빔 빔이 바로 빛 우리에게 삶은 어둡고 세상은 모를 것투성이다. 이것이 있으므로 저것이 있다는 연쇄의 첫번째 마디는 아비드야(無明＝無知)다. 우리는 우리가 어리석다는 것, 모른다는 것, 부도덕하다는 것을 항상 의식하고 행동할 수밖에 없다. 그다음에 오는 것들이 삼스카라와 비즈나나와 나마루파이다. 삼스카라(行)는 맹목적으로 꿈적이는 의지의 성향이고 비즈나나(識)는 의지의 대상에 대한 알음알이이다. 나마루파(名色)에서 나마는 지성의 대상인 상징이고 루파는 감성의 대상인 사물인데, 상징과 사물이 얼크러져 만드는 공간을 나는 두루뭉수리라고 옮겨보았다. 1990년대 초 학생처장 시절에 나는 주사파 학생들에게 신념 없는 것이 나의 신념이라고 말했다. 좌파건 우파건 남이 말하는 것을 귀담아듣고 나중에 갈피 짓는 화백(和白) 모델 대신에 남의 입을 막고 자기만 말하는 김일성 모델을 좋아하는 운동권 학생들에게 나는 신념이란 상징의 체계는 사물의 복합성을 감당하지 못한다는 말을 해주고 싶었다. 사드아야타나(六入)는 신체기관이고 스파르샤(觸)는 감각경험이고 베다나(受)는 고통과 쾌락의 감수이고 트르스나(愛)는 고통을 피하고 쾌락을 향유하려는 애증의 감정이다. 몸이 있으면 병에 걸리게 되고 고통이 오면 피하고 싶어하는 것은 너무도 자연스러운 인간의 생리이다. 우파다나(取)는 고통을 피하는 방법의 선택이고 브하바(有)는 선택의 결과로 경험하는 현실이고 자티(生)와 자라마라나(老死)는 윤회와 생멸의 과정이다. 나는 유아론(唯我論)이 가능하다고 하는 사람을 이해하지 못한다. 어려서부터 나에게 세상은 다른 사람들의 것이었다. 초등학교 시절 나에게 우리나라는, 집에 돈이 없어 월사금을 반만 가져다 냈더니 반을 어디다 썼는지 대라고 숙직실에 가두고 집에 보내지 않은 선생이 사는 무서운 나라였다. 나이를 먹으면서 헐뜯는 데 다소 둔감해지기는 하였으나 지금도 내게 세계는 타인들이다. 나는 내가 물방울처럼 타인들 틈새에 맺혔다 사라진다고 생각한다.

　　모름 꿈적임 앎 두루뭉수리
　　몸 걸림 받음 싫음
　　집음 있음 목숨 죽음

　대학교 1학년 때 조지훈 선생으로부터 불교에 대하여 들었다. 그분의 말씀에 반하여 여름방학 내내 『능엄경』을 읽었다. 지옥에 가도 만년이면 다시 나온다는 데 강한 인상을 받았다. 내 느낌을 말씀드렸더니 조지훈 선생은 웃으시면서 그것이 불교 민주주의라고 하셨다. 아무리 생각해도 내가 갈 곳은 지옥일 것 같아서 불경을 계속 읽기로 했다. 대학원 1학년 때 이희익(1905~1990) 선생께 참선을 배웠다. 일본 승적을 가지고 있던 선생은 한국에서는 승적 없이 화곡동에 있는 어떤 절의 방 하나를 빌려 참선을 가르쳤다. 무자 화두(無字 話頭: "狗子還有佛性也無")를 주시고 50분 앉아 있게 한 후에 불러서 느낀 것을 말하게 하였다. 밤을 새워 용맹 정진하는 사람들도 있었지만 나 같은 초보자는 50분 동안 앉아 있기도 어려웠다. 가부좌한 다리가 아파서 아무 생각도 나지 않았다. 나는 무가 무엇이냐는 질문에 "나는 무다"라는 문장은 "나는 형편없다"는 의미인 것 같다고 대답했다. 선생은 머리로 생각하지 말고 아랫배로 생각하라고 하셨다. 그동안 들은 선생의 말씀으로 미루어 짐작해보면 무는 '없다'는 의미의 명사가 아니라 '지운다'는 의미의 동사이다. 맞는다고 생각했던 일체의 이데올로기를 생사의 갈림길에 이를 때까지 지워나가면 '이것은 아니다'라는 부정의 각성과 거절의 실천을 통하여 도달하는 마지막 그것이 남는다. 이희익 선생에게 마지막 그것은 경(敬)이었다. 그것은 머리로 하는 존중이 아니라 아랫배로 하는 존중이다. 내가 보기에 선은 방법적 회의가 아니라 방법적 병듦이다. 깨달음은 사유의 결과가 아니라 상처를 견디면서 상처의 한복판을 뚫고 넘어서는 자연 치유이다. 치유된 사람은 이 세상의 모순과 혼란이 파괴할 수 없는 힘을 가지게 된다. 소신공양도

한다는데 내게는 부처님께 드릴 것이 아무것도 없다는 생각에 주눅이 들고 무엇보다 날을 정하여 모이는 것이 부담이 되어 그만두었는데, 도반(道伴)에게서 안 나오면 배반자로 취급하겠다는 엽서를 받았지만 다시 갈 용기가 나지 않았다. 동란 이후 1960년대 중반까지 어머니는 북창동 길거리에 속옷 몇 가지를 늘어놓고 노점을 하셨다. 나는 집안 살림을 도울 수 없는 나 자신의 형편없음을 절감하면서 성장하였다. 누구의 말속에 나를 형편없다고 하는 암시가 나타나기만 하면 나는 이성을 잃고 싸움을 걸었다. 할말이 없으면서도 그럴듯한 말을 하려고 하는 것도 무엇인가 형편 있는 체하고 싶어하기 때문일 것이다. 이제부터는 형편없음을 스스로 받아들이고 아내에게도 아우에게도 친구들과 제자들에게도 좋게 봐달라고 보채지 않으려 한다. 나는 내가 자기모순에서 벗어날 수 있다는 것을 믿지 못한다. 지금 나의 목표는 메마름을 참고 견디는 것이다. 나는 요즈음 다리가 굳어서 가부좌는커녕 그냥 앉아 있는 것도 오래하지 못한다. 아버지(金東潤, 1922. 7. 1.~?) 없이 커서 그런지 어려서부터 나는 무시받는다는 경험을 많이 했다. 한밤에 앉아서 나를 무시한 사람들과 나를 무시하는 사람들에 대하여 생각해보면서 나는 화내는 대신에 무시받음을 관조할 수 있게 되었다. 무시받을 만한 면이 내게 있다는 것을 인정하게 되는 경우가 많으므로 화를 낼 이유가 없으며 무시하는 사람들과 함께하는 자리를 일부러 피할 것도 없다. 그들을 모두 만나지 않겠다고 한다면 사회생활이 불가능하게 될 정도로 고립되고 말 것이다. 그러나 병든 아이들이 친하듯 서로 통하는 것이 우정이라면 그들과 친구가 될 수는 없을 것이다. 참선도 아니고 명상도 아니고 단지 멍청하게 잠시 앉아 있는 것이라는 의미로 나는 그것을 "멍청 타좌"라고 부른다. 타좌(打坐)의 타 자는 타산(打算)의 타처럼 강조어다.

한밤에 혼자 앉아 있을 수 있다는 건 좋은 일이다. 나는 불을 끄고 멍청히 앉아서 무슨 생각이든 떠오르는 대로 놓아둔다. 시간은 아주 천천히 흘러가고 하루는 이것 또다른 하루는 저것의 주위에 생각이 모여들어 탄식하게 하고 분노하게 하고 환희에 차게 한다. 나는 황야에서 단식하는 예수에게 악마가 나타났다는 것을 믿을 수 있다. 오래전에 당한 수치심과 견딜 수 없는 굴욕감 그리고 치를 떨게 하는 증오심과 적대감이 어두움 가운데 생생하게 살아나 시끄럽게 떠든다. 나는 고등학교 시절을 너무나 처참하게 보냈기 때문에 고등학교 교장이 되어 좋은 학교를 만들어보겠다는 꿈을 기지고 있었다. 고등학교 2학년 2학기에 교실에서 싸움을 하다 체육 선생님에게 걸렸는데 때리는 것을 피했더니 제 힘을 못 이겨 넘어지고서, 나 때문에 창피를 당했다고 생각한 선생님은 한 주일 내내 나를 교무실에 꿇어앉히고 수업에 들어갔다 나올 때마다 때렸다. 나는 두 달 동안 코피가 멎지 않아 서소문 한전병원에 가서 코를 지졌고 그후 10년 동안 중이염으로 진물이 멎지 않아 일광의 나환자촌(癩患者村) 약국에서 약을 받아 복용하기도 했다. 그 선생님은 50년이 넘는 지금도 가끔 내 꿈에 등장한다. 지금 나에게는 선생님을 미워하는 마음보다 선생님께 죄송스러운 마음이 더 많다. 오죽 못되게 굴었으면 젊은 교사를 그토록 분노하게 했을까? 어두움 속에 앉아서 나는 한강을 따라 며칠이고 계속해서 걸어본다는 계획을 날마다 설계한다. 정년을 맞는 날 "해방됐구나"라는 느낌과 함께 먼저 머리에 떠오른 것이 혼자 끝없이 걷고 있는 나의 모습이었다. 깨달음이야 내가 감히 바랄 수 없는 것이므로 무자 화두를 들고 싶지는 않지만 걸을 때마다 숨을 들이쉬면서 두 음절에 두 발자국을 내딛고 숨을 내쉬면서 세 음절에 세 발자국을 내딛는, 2음절-3음절 두 박자 보법(步法)으로 "제나/달래며//얼말/찾아서"라는 기도를 올리고 싶다(우리말에서는 대체로 강세가 낱말이나 말토막의 끝에서 두번째 음절에 온다). 시민의 언어는 지껄임이고 시인의 언어는 얼말이다. 시인은 시를 쓰는 사람이고 스님은 시를 사는 사람이고 평론가는 시인과 스님 사이에서 오락가락하는 사람이다.

중 세 철 학

산 책

18세기에 볼테르는 고대(옛 시대)와 근대(새 시대) 사이에 낀 시대를 시대라고도 할 수 없는 시대라는 의미로 중세라고 불렀다. 고딕도 처음에는 야만적이라는 의미였다. 파리의 생 제르맹 데 프레에 있는 데카르트의 묘비에는 "이성의 권리를 옹호한 첫번째 사람"이라는 묘비명이 새겨져 있다. 고대 세계가 몰락한 이후에 최초로 나타난 이성 옹호자라는 뜻이다.

529년에 유스티니아누스 황제가 아테네의 플라톤 아카데메이아를 폐쇄하였다. 같은 해에 성 베네딕토가 로마와 나폴리 사이에 있는 몬테카시노에 최초의 베네딕토 수도원을 설립하였다.

529년이 되기 몇 해 전에 죽은 보에티우스 때부터 고트족, 랑고바르드족 등 북쪽에서 밀고 내려온 민족들이 새로운 드라마의 등장인물이 되었다. 보에티우스 때부터 정신생활의 중심이 아테네, 알렉산드리아에서 파리, 쾰른, 옥스퍼드, 캔터베리로 옮겨갔다.

중세는 북쪽에서 로마제국 안으로 밀고 내려온 젊은 민족들이 고대 사상을 자기 것으로 만든 학습 기간이었다. 고대의 원전을 수집하고 정리하고 판독하고 번역하고 주석하는 것이 중세의 철학자들이 한 일이었다.

보에티우스가 첫번째 책을 쓴 것은 20세 남짓 되었을 때였고 그는 25세에 아리스토텔레스에 대한 주해를 시작하였다. 캔터베리의 안셀무스는 30세에 르 베크 수도원의 부원장이 되었다. 보나벤투라는 27세에 대학 강사를 했고 36세에는 서양 전체 프란치스코 수도원의 최고 책임자가 되었다. 둔스 스코투스는 중세의 대표적 신학 참고서, 페트루스 롬바르두스의『명제집(*Libri Sententiarum*)』을 주해한『옥스포드 주석서』를 35세에 썼고 오컴은 25세에 자신의 학문적 인생길에서 등을 돌렸다. 아벨라르두스는 35세에 노트르담 주교좌 성당 학교의 교장이 되었고 그의 연인 엘로이즈는 17세에 라틴어와 희랍어와 히브리어를 능통하게 하였다. 작고 격정적인 이 여인은 1120년 파리 근처 아르장퇴유에서 서원을 하고 수녀원으로 들어갔다.

야만과 문명의 공존 또한 중세의 특징이었다. 매일 성체가 봉헌되는 바로 그 제단에서 성직자들이 성모와 성인의 이름으로 저주를 하며 주사위놀이를 했다. 1276년에 교회 안에서 성직자들의 노름을 금지하는 지시가 각 교회에 시달되었고, 1139년에 사제의 결혼을 금지하는 법령이 교회법으로 공표되었다.

중세철학을 고대 철학과 구별하게 해주는 그리스도교적 요소가 타당성을 상실했다고 볼 수는 없으나 고대 사상의 학습이 활력을 상실하고 영성(靈性)이 생활의 중심에서 주변부로 물러나고 사람들이 세계를 경험하면서 만나게 되는 자기 고유의 문제들에 대하여 숙고하는 것을 가장 중요한 물음으로 여기게 되면서 근대가 시작되었다고 할 수 있다. 13세기에 토마스 아퀴나스에 의하여 가능한 최대의 체계가 형성되었지만 14세기부터 신앙과 이성은 길을 달리하게 되었다. 중세는 감각층과 지성층과 영성층으로 구성된 삼층집이고 근대는 감각층과 지성층으로 구성된 이층집이다.

① 베네딕토와 동년배인 보에티우스는 아테네에서 공부한 로마인으로서 고트족의 왕 테오데리히의 궁정에서 관리 생활을 하였고 반란의 혐의로 고발되어 525년에 처형되었다. 그는 고향을 가질 수 없었던 사람이었다. 게르만 왕에게 봉사하는 로마인이고 아리아파 그리스도교인들 사이에 사는 가톨릭 신자였다. 그는 위험한 중개인 역할을 하지 않을 수 없었다. 그러나 그는 위대한 번역가였다. 보편(하나), 주체, 사유(사변), 정의(규정), 원리가 모두 그의 번역어였다. 그는 아르케(arché)를 원리(principium)라고 번역하였다. universal, Subject, Speculation, definieren, Prinzip 등의 독일어가 그에게서 유래한 단어들이다. 그는 손에 들어오는 아리스토텔레스와 플라톤의 모든 작품을 라틴어로 번역하겠다고 계획했다. 몇몇 논리학 작품들의 번역에 그쳤으나 500년경에 중세철학의 방향을 설정한 사람이 보에티우스였다. 그는 아리스토텔레스가 플라톤주의자라는 것을 명백하게 보여주었다.

보에티우스의 『철학의 위안』은 독백의 긴장을 끝까지 보존하는, 현실적이고 냉철한 문체로 쓰여졌다. 하느님이 계시다면 악은 어디서 온 것인가? 신의 섭리가 역사의 주인이라면 인간의 자유란 무엇인가? 죽음 앞에서 자기에게 실제로 속하는 것이 무엇인가를 따

저보는 그에게 철학은 갇혀 있는 사람의 내적 파트너가 되었다. 그는 철학을 감방으로 들어와 자기의 독백을 들어주는 귀부인에 비유하였다. 비좁은 감옥에서 모든 것을 아무런 사전 경고 없이 한순간에 빼앗긴 그는 자신에게 남은 것이 무엇인가를 찾아보았다. 세상과 삶이 무의미하게 된 것은 아닌가라는 물음 속에서 그는 남에게 속하는 장식물로 자신을 치장할 수 없다는 사실을 절실하게 느꼈다. 누구인가가 중요하지 무엇을 가졌는가는 중요하지 않다는 것을 깨달았다. 예수는 성인이 아니라 신이라고 믿는 사람이 그리스도교 신자이다. 사람이 된 하느님은 이성으로는 알 수 없는 계시이다. 어떤 형태로든 원죄의 신비와 육화의 신비를 체험하지 않으면 그리스도교 신자가 될 수 없다. 지금 피를 흘리고 있는 예수를 느끼는(visio Dei) 체험은 그리스도교 신자의 내적인 징표이다. 육화 사건이 이성과는 전혀 무관한 것이기 때문에 신앙과 이성의 조화는 달성하기 어려운 목표였다. 삼위일체에 관한 작은 글(Opuscula sacra)에서 그는 할 수 있는 한 신앙을 이성과 결합시키라고 권유하였다. 그의 글에는 성서 인용이 없고 그리스도의 신비는 침묵의 형태로 가려져 있다.

고대 사상을 학습하기 위하여 중세에는 침묵의 공간을 자유롭게 비워두었다. 학교(scholé)와 수도원이 그러한 공간들이었다. 수도원 안에서는 사람뿐 아니라 식물도 천수를 누렸다. 보에티우스를 기소한 사람을 찬양하는 연설을 한 적이 있는 카시오도루스는 교육부장관을 그만두고 507년에 남부 이탈리아에 작은 수도원을 짓고 도서관을 마련하였다. 고전 텍스트를 번역하고 베끼는 수도원의 전통이 여기서 시작되었다. 카시오도루스는 『교육원리(Institutiones)』에서 신학과 일곱 자유 과목(문법, 수사, 논리, 기하, 산수, 천문, 음악)의 기본적인 내용을 서술하였다. 중세의 수도사들은 의학과 건축도 공부하였다. 카시오도루스에 의하면 신앙과 이성은 결합될 수 있으나 이성을 초월하는 계시를 부정하는 합리주의는 거부되어야 하며, 수학적 증명이 아니라 계시와 맞아떨어질 수 있는 적합한 이유를 탐구해야 한다.

② 500년경에 디오니시우스 아레오파기타라는 사람의 책들이 나왔다(『신비주의 신학에 대하여』 『천상의 위계질서에 대하여』 『하느님의 이름들에 대하여』). 그는 아마도 시리아 출신일 것이고 바울의 제자인 디오니시우스 아레오파기타와는 다른 사람일 것이다. 그러므로 그를 위(僞: Pseudo)-디오니시우스라고도 한다. 860년에 요하네스 에리우게나(아일랜드 출신 요한)가 그의 모든 저술을 라틴어로 번

역하였고 알베르투스 마그누스가 그것들을 주석하였다. 그는 영성의 구조(Hierarchie)를 고정된 질서(Ordo)가 아니라 끊임없이 신을 향해 올라가는 영적인 생활이고 역동적인 실행이라고 하였다(아레오파기타의 "정화-조명-일치"를 따라 16세기에 십자가의 성요한은 내적 인간의 길을 묘사하였다). 하느님에 맞는 어떠한 이름도 없다. 하느님이 존재한다느니 하느님이 실재한다느니 하는 것은 맞는 표현이 아니다. 『신비주의 신학에 대하여』에서 그는 부정도 다시 부정되어야 한다는 결론에 이르렀다. "하느님은 인간에게 가능한 모든 진술을 묵묵히 뛰어넘으신다"는 말은 합리적인 통찰이다. 그러므로 그의 부정 신학은 비합리주의가 아니다. 그러나 그의 철학에 동방적인 요소가 있다는 점은 인정해야 할 것이다. 아우구스티누스는 "무엇이나 네가 이해한 것은 바로 그 이유 때문에 하느님일 수 없다(Si comprehendis, non est Deus)"라고 하였고, 토마스 아퀴나스는 디오니시우스 아레오파기타를 700번이나 인용하면서 "하느님을 알지 못한다는 것을 아는 것이 하느님을 아는 것이다"라고 하였고 니콜라우스 쿠사누스(모젤 강 유역의 쿠스Kues에서 태어난 니콜라우스)는 무지의 지(das wissende Nichtwissen)와 다른 것이 아닌 것(Non-aliud)에 대하여 말하였다.

③ 이집트 알렉산드리아에서 출생한 플로티누스(205~270)는 244년에 로마로 가서 학원을 세웠고 이탈리아 북부 캄파니아 지방에서 죽었다. 그는 신적인 것과 하나가 되는 체험을 네 번이나 했다. 그는 플라톤의 철학으로 자신의 신비 체험을 해명하였다. 모든 것은 하나(Hen)에서 내려왔다. 하나는 모든 것의 근원이고 원천이다. 하나는 충만하다. 충만하기에 넘쳐흐른다. "하나(Hen)-정신(Nous)-혼(Psyche)-물질(Hyle)"에서 하나는 빛이고 물질은 어두움이며 하나는 선이고 물질은 악이다. 정신은 비물질(이성)이고 혼은 물질(비이성)과 비물질(이성)의 복합체이다. 혼은 물질에 붙들려 있기 때문에 죄를 짓고 악을 저지르게 된다. 혼은 물질과 육체를 벗어나서 자신을 정화(purificatio)해야 한다. 혼은 정신으로부터 조명(illuminatio)을 받아 정신의 단계로 올라가야 한다. 정신은 모든 것의 근원이며 원천인 하나와 일치(unio)되어야 한다.

④ 아우구스티누스(354~430)는 찾아 헤매는 삶을 살았다. 그의 일생은 신에게로 향한 정신의 여행(Itinerarium mentis in Deum)이었다. 그는 아프리카 북부의 로마 시민이었다. 누미디아 지방의 타가스테(현재 알제리 북쪽 지중해 연안의 수크아라스)에서 출생하였다. 19세에 아들 아데오다투스를 낳았고 30세에 밀라노의 주교 암브

로시우스를 만났다. 33세(387)에 "포식과 폭음, 음행과 방탕, 싸움과 시새움을 멀리하고 그리스도를 따르라"는 성경 구절을 읽고 회심하여 세례를 받았다. 아우구스티누스는 모든 것을 의심할 수 있으나 우리가 의심하고 있다는 사실에 대해서는 의심할 수 없다는 이유에서 세상에 확실한 것은 아무것도 없다는 회의주의를 부정하였다. 우리는 스스로 잘못하지 않으려고 의심한다. 그러나 만일 우리가 잘못한다면 우리는 존재하고 있다. 내가 있다는 사실은 확실하다. 이러한 사실은 더이상 의심할 수 없다. 그런데 신은 모든 있는 것의 원천이다. 신은 일체의 존재하는 것의 근원이다. 존재하는 것이 존재하게 되는 것은 존재 자체인 신 속에서 하나의 몫을 차지(participatio)하기 때문이다. 하나하나의 있는 것이 없지 않고 있게 되는 것은 그것이 있는 것 자체인 신 속에서 한몫을 차지하기 때문이다. 우리는 하나하나의 있는 것 속에서 이미 있는 것 자체를 보고 있다. 우리는 적어도 막연하게나마 그것을 짐작하고 있다. 우리는 모든 존재하는 것 속에서 이미 존재 자체를 보고 있다. 적어도 막연하게나마 그것을 알아듣고 있다. 신은 참된 것의 원천이며 선한 것의 근원이다. 하나하나의 참된 것, 그것이 거짓된 것이 아니라 참된 것이 되는 그 이유는 그것이 진리 자체인 신 속에서 한몫을 차지하고 있기 때문이다. 하나하나의 선한 것, 그것이 악한 것이 아니라 선한 것이 되는 그 이유는 그것이 선 자체(궁극 의미)인 신 속에서 한몫을 차지하기 때문이다. 신은 생각들(ideae, formae, rationes, exemplaria)에 준하여 일체의 사물을 창조하였다. 아우구스티누스는 플로티누스의 내려옴(emanatio, 흘러나옴)을 창조로 바꾸었다. 일체의 것은 신으로부터 나왔기 때문에 신에게로 되돌아가려고 한다. "당신을 향하도록 저희를 만들어놓으셨으므로 당신 안에서 쉬기까지는 저희 마음이 불안합니다."(『고백록』, 성염 옮김, 경세원, 2016, 55쪽) 감각적인 사물은 변하고 소멸한다. 우리는 그 속에서 참된 것 자체를 만날 수 없다. 우리의 의식 속에 모여 있는 감각적인 사물들의 인상(imago)과 형상(forma)들도 변하고 소멸한다. 그러므로 우리가 우리 자신마저 초월할 때 참된 것 자체가 그 빛으로 우리를 비추어(illuminatio)준다. 그 덕택으로 우리는 진리 자체를 볼 수 있게 된다. 다시 말해서 신을 직관할 수 있게 된다. 감각적인 사물들이 우리에게 제공해주는 쾌락 속에서는 선한 것 자체를 얻을 수 없다. 우리는 의무와 책임을 다하려고 노력해보지만 아무리 모든 힘을 다 쏟아붓는다 하더라도 마지막까지 의무와 책임을 다해낼 수는 없다. 우리는 자기를 사랑하기와 신을 사랑하기 중에서 하나를 선택해야 한다. 자기를 앞세우는 나머지 신을 뒤로 미루는 자기애(amor sui)는 지상국(civitas terrena)을 만들고 신을 앞세우는 나머지 자기를 뒤로 미루는 하느님 사랑(amor Dei)은 신국 (civitas Dei)을 만든다. 그러나 인간 스스로 자기 힘만으로 선한 것 자체를 선택할 수는 없다. 신이 그의 은총(gratia)으로 인간에게 손을 내밀어줄 때에만 인간은 신을 선택할 수 있다.

⑤ 알베르투스 마그누스(대 알베르투스, 1200~1280)는 독일 남부의 슈바벤 지방에서 태어났다. 그는 파리대학에서 교수직을 얻은 첫번째 독일인이었다. 그는 파리대학에서 20세의 토마스 아퀴나스를 만났다. 그는 도미니코 수도원의 독일 관구장으로서 또 후에는 쾰른의 주교로서 수십 년간 전 유럽을 돌아다녔다. 그는 십자군을 지지하는 설교에도 가담하였다. 그는 희랍어를 전혀 몰랐으나 아리스토텔레스의 전 작품에 주석을 달았다. 그의 전집 40권에는 이질성과 불협화음이 있으나 전래된 유산과 새로운 지식이 포괄적으로 편찬되어 있다. 그에게 이성(ratio)은 인간이 마주하는 실제 현실을 파악하는 능력이었다. 그는 식물학과 동물학을 연구하였다. 그는 개념적 구별보다 직접경험과 실험관찰을 중시하였다. "어떤 것들에 대해서도 경험만이 신빙성을 준다(experimentum solum certificat in talibus)." 그는 사실에 대한 지식(Sach-Wissen)을 강조하고 자연과학 토론을 신학으로 논증하면 안 된다고 하였다. 그의

제자 토마스 아퀴나스는 "철학 공부의 의미는 다른 사람들이 생각한 내용을 아는 데 있는 것이 아니라 실제 사물들의 진리가 어떠한지를 아는 데 있다"고 말했다.

⑥ 토마스 아퀴나스(1225~1274)는 나폴리 근처에 있는 로카세카 성에서 태어났다. 1239년 14세에 나폴리대학에 입학하였고 1244년 19세에 도미니코 수도회에 가입하였다. 1245년에 파리에서 알베르투스 마그누스를 만나 5년 동안 배웠고 1250년 알베르투스 마그누스가 쾰른대학 학장이 되자 쾰른으로 갔다가 1252년 27세에 다시 파리로 가서 7년 동안 가르쳤다. 1259년 34세에 이탈리아로 돌아와 10년 동안 가르쳤고 1269년 44세에 다시 파리대학에 부임하여 이때부터 『신학대전』을 쓰기 시작하였다. 1272년에 로마로 갔고 1273년 12월 6일에 신비로운 체험을 한 후에 저술을 중단하고 1274년 3월 7일 49세에 리옹으로 가는 길에서 세상을 떠났다. 신비 체험을 한 후에 그는 "내가 본 진리에 비하면 내가 쓴 모든 것은 지푸라기와 같다"고 말했다. 인간의 이성은 고유한 그리고 독자적인 진리를 가지고 있다. 이러한 진리는 신앙으로부터 이끌어낼 수 없다. 이성과 신앙은 서로 다른 진리를 추구하지만, 신앙도 자신의 독자성을 새롭게 알아차리기 시작한 이성을 감안하지 않을 수 없다.

이성은 계시를 해석하는 데 도움을 줄 수 있다, 철학은 신학이 제시하는 진리를 명백하게 이해하는 데 도움을 줄 수 있다. 신앙은 이성에 다가가서 이성과 만날 수 있다. 운동은 부동의 동자로 이끌어 준다. 사람들은 신에 대하여 움직이지 않으면서 다른 모든 존재자를 움직이는 존재라고 풀이한다. 철학자는 부동(不動)의 동자(動者)라고 하고 신학자는 하느님이라고 한다. 아리스토텔레스에 의하면 존재자(ens)는 일차적인 실체이며 실체는 질료(materia)와 형상(forma)으로 되어 있다. 토마스 아퀴나스에 의하면 물질적 존재자는 질료와 형상으로 되어 있지만 정신적 존재자는 존재 행위(esse)와 본질 규정(essentia)으로 되어 있다. 아랍 철학자들(Alfarabi, Avicenna, Averroes)은 "그것은 무엇인가?"라는 질문에 대한 대답이 되는 본질 규정과 "그것은 실제로 있는가?"라는 질문에 대한 대답이 되는 실존(existentia)을 구별하였다. 엑시스텐시아는 실제로 있다는 것을 뜻하는 낱말이다. 정신적 존재자가 없지 않고 있게 되는 것은 바로 이 존재 행위 때문이다. 그리고 있는 것이 이렇게 저렇게 있게 되는 것은 본질 때문이다. 존재 행위의 근거는 스스로 자립해 있는 존재 자체(ipsum esse subsistens)이다. 존재자를 존재자로 규정하는 존재는 경험지의 대상이 아니다. 들뢰즈는 존재와 존재자를 잠재태와 현실태, 분자와 몰, 주름과 얼개, 뿌리줄기와 나무, 미세지각과 공통지각 등으로 번역하였으나 그러한 비유들은 존재의 의미를 혼란하게 했을 뿐이다. 모든 존재자는 스스로 자립해서 있는 존재 자체에 의하여 존재의 한몫을 차지하도록 허용되기 때문에 그것이 없지 않고 있게 된다. 즉 신에 의하여 창조되었기 때문에 존재하게 된다. 정신적 존재자는 신에게 가까이 가려는 근본적인 성향을 가지고 있다. 구원은 자동적이고 필연적으로 벌어지는 사건이 아니라 인간의 선택에 따라 성공하기도 하고 실패하기도 하는 사건이다. 신은 인간을 자유 존재로 창조했다. 선택 능력이라는 점에서 이성과 자유는 동일한 것이다. 인간의 행복은 신을 직관하는 것(visio Dei)이다. 토마스 아퀴나스는 사물의 세계, 현실의 세계를 중시하고 세계에 대한 인간의 과제를 강조하였다. 그의 신학은 세상에 개방되어 있는 신학이다. 토마스에게 앎이란 물질적 재료에서 형식을 발견하는 것이다, 유학에서는 질료를 탐구하여 형식을 알아내는 것을 격물치지(格物致知)라고 한다. 여기서 '물'은 구체적인 자료이고 '지'는 발견된 형식이다. 토마스에게 참은 하느님이다. 유학에서는 하느님을 무극(無極, 없꼭대기)이라고 한다. 하느님은 앎과 함의 근거 자체이다. 토마스에게 함은 공동선의 실천이다. 살됨(肉化)은 몸으로 함의 중요성을 의미한다. 유학에서는 공동선을 도심이라고 한다. 도심의 실천이 경(敬=respect=다시 보기=있는 그대로 보기)이다. 자기를 있는 그대로 존중하는 사람은 노예가 되지 않고 남을 있는 그대로 존중하는 사람은 독재자가 되지 않는다. 이렇게 볼 때 기독교와 유교는 동일한 구조의 사상체계라고 할 수 있다. 신앙체계로 보더라도 "참됨은 하늘 길이고 참되려고 함은 사람 길이다(誠者天之道也, 誠之者人之道也)"(『중용』 20장)라는 문장의 참될 성(誠=言+成)자가 『요한복음』의 "말씀은 사람이 되었다"(1장 14절)라는 문장의 의미와 통하므로 기독교와 유교가 전혀 다른 체계라고 하기는 어려울 것이다. 토마스에 의하면 존재자는 '이다'(존재 행위=하나=보편=현실)와 '무엇'(본질 규정=여럿=특수=가능)으로 되어 있으므로 언어는 일의적(一義的) 지칭이 아니라 한편으로 존재에 대해서 말하고 다른 한편으로 본질에 대해서 말하는 다의적 유비(類比)이다.

⑦ 에카르트(1260~1329)는 신과의 일치를 주장하는 신비가이다. 그는 마음을 비우면 신과 하나가 될 수 있다고 하였다. 인간과 신이 하나가 되는 것(unio mystica)은 외부의 세계를 벗어나는 것이고 집착으로부터 벗어나는 것(Abgeschiedenheit)이다. 내면의 세계, 마음의 세계로 향해서 마음을 온전히 비울 때 인간은 그 속에서 신을 체험할 수 있다. 그 어느 것에도 매여 있지 말아야 한다. 무엇

보다도 자기 자신에게 매여 있으면 안 된다. 인간은 세계 속에 현존하고 있다. 인간은 세계 속에서 무엇인가를 가지게(haben) 되고 무엇인가를 알게(wissen) 되고 무엇인가를 원하게(wollen) 된다. 우리는 소유와 지식과 욕망에서 자유로워져야 한다. 우리가 가진 것 그것을 손에 움켜쥐고 거기에 끝까지 매달린다면 우리는 거기에 매여 있는 것이다. 우리가 아는 것 그것을 전부라고 생각하고 그것으로 자기 자신을 마지막까지 보장하려 든다면 우리는 거기에 매여 있는 것이다. 우리가 원하는 것 그것을 조금도 양보하지 않고 그것을 끝까지 관철해내려 한다면 우리는 거기에 매여 있는 것이다. 우리는 아무것도 가진 것이 없는 것처럼 그렇게 살아야 한다. 우리는 아무것도 아는 것이 없는 것처럼 그렇게 살아야 한다. 우리는 아무것도 원하는 것이 없는 것처럼 그렇게 살아야 한다.

16세기의 혁신 카르멜 수도회 신부인 십자가의 요한(1542~1591)은 『어두운 밤』에서 에카르트의 사상을 새롭게 해석하였다. 그는 감각과 영혼을 정화하여 하느님께로 나아가는 단계를 설정하였다. 십자가의 요한은 하느님께로 나아가려고 할 때에 인간이 직면하는 어두움의 중요성을 흥미롭게 지적하였다. 감각의 욕구에 끌려 다니며 식욕과 색욕 이외에는 다른 관심이 없이 사는 생활에도 그 나름의 이치가 있는 것처럼 보이지만 여기에 있는 것은 거짓된 밝음뿐이다. 참되고 한결같은 밝음에 가깝게 다가서려면 감각의 밤을 거쳐야 한다. 많은 책을 읽고 글자로 진리를 밝히려는 사람은 그 책들의 무게에 짓눌려 한 치도 앞으로 나아가지 못하게 된다. 욕심을 줄이고 글자를 멀리하는 사람의 위험은 신비에 맛을 들이는 것이다. 신비의 유혹에 굴복하여 기쁘고 즐겁고 재미있는 일만 따라가다보면 감성과 추리와 상상만으로는 어디로 가야 할지 알 수 없게 되는 때가 온다. 재미에 기인하는 열심은 하느님께 대한 요구를 필요 이상으로 대담하게 만들고, 버릇없고 볼성사납게 만든다. 참으로 중요한 것은 메마름을 견뎌내는 일이다. 재미있고 편안할 때가 아니라 메마름을 견딜 때 인간은 비로소 하느님과의 사귐에 정성과 공경을 다하게 된다. 메마름 속에서 어둡고 은밀한 직관이 겸손과 사랑을 기른다. 메마름이 우리의 감성을 씻어내는 것이다. 하느님에 대한 사랑은 꾸준한 끊음(止)으로 기쁨·아픔·바람·무서움을 가라앉히고, 욕구를 잠재우는 메마름(觀)으로 일상생활의 모든 작업에서 감각과 이성의 조화를 높여준다. 어두운 밤이 다름아닌 조명의 길이다. 이 조명의 길을 십자가의 요한은 영혼의 밤이라고 부른다. 밝음 자체인 하느님과 사귀면서 인간의 영혼은 자신의 어두움과 더러움을 깨닫지 않을 수 없다. 밝은 빛의 힘으로 영혼은 자기의 불결함을 환히 알게 되고, 자기의 기막힌 빈곤과 비참을 통감하게 된다. 영혼은 비워지고 어두움 속에 버려져 있어야 한다. 정신은 지각을 비움으로써 정화되고, 영혼은 어두움 속에 갇힘으로써 정화된다. 영혼은 빛을 지니고 있다는 사실조차 생각하지 못하고 부끄러워하지만, 하느님의 빛은 그처럼 부끄러워하는 영혼을 찾아 씻어준다. 일체의 조각 지식을 씻고 비운 영혼은 어두움 속에 있으면서 사사로운 것에 맛들이지 않음으로써 걸릴 데 없이 모든 것을 포용하고, 가지는 것 없이 모든 것을 차지한다. 무욕과 무지 속에서 사랑만이 홀로 정화의 어두움 속에서 타오를 때 그의 영혼은 비로소 하느님과 사귈 수 있게 된다. 근거에 대한 신뢰를 상실하면 삶의 메마름을 받아들이려 하지 않게 되거나 삶의 어두움으로부터 억지로 벗어나려고 하게 된다. 그러한 정신의 일탈이 바로 정신병의 원인이 된다.

릴케의
천사

한국 시인들에게 영향을 크게 미친 20세기의 외국 시를 고를 때 1949년에 이인수 교수가 번역한 엘리엇의『황무지』를 드는 데는 별 이의가 없을 것이고, 신석초의『바라춤』(1959)에 뚜렷하게 흔적을 남긴 발레리의『젊은 파르크』도 제외하기 어려울 것이다. 서정주는 강의 도중에, 그리고 가끔은 술자리에서도『젊은 파르크』의 첫 시절을 프랑스어로 암송하기 좋아했으나 그의 시에는 발레리의 영향이 거의 보이지 않는다. 일지사판『서정주 전집』2권(40쪽)에는 서정주가 번역한『젊은 파르크』의 첫 시절이 프랑스어 원문과 함께 실려 있다.

거기서 누가 우느냐?

아니라, 그냥 바람 소리냐?

눈부시어 못 볼 금강석같이 외로운 이때를

거기 누가 우느냐?

내가 울려는 이때를

거기서 누가 우느냐?

프랑스어 세 행을 여섯 행으로 나누어 옮겼는데, 나도 정확한 의미를 알 수는 없으나 아마도 "나 혼자 먼 밤하늘의 금강석들을 보며"라는 정도로 번역할 수 있을 듯한 "Seule avec diaments extrêmes"를 "눈부시어 못 볼 금강석같이 외로운 이때"라고 한 것은 서정주다운 독창적인 번안이라고 하겠다.

주석 없이는 읽기 어려운 『황무지』에 비하여 번역문만으로도 주석 없이 읽을 수 있다는 점 때문이겠지만 『두이노의 비가』는 한국 시인들에게 가장 자주 인용되는 시들 가운데 하나이다. 그런데 이 시와의 영향관계를 분명하게 보여주는 한국 시를 구체적으로 지적하기는 쉽지 않다. 한국 시인들이 『두이노의 비가』를 많이 읽으면서도 릴케의 그 시로부터 깊은 영향을 받지 못하는 이유는 어디에 있을까?

릴케가 1912년부터 쓰기 시작하여 1922년에 완성한 『두이노의 비가』10편은 천사와 인간을 비교하여 인간의 본질을 규명한 시이다. 각 편의 내용을 요약하면 다음과 같다.

1. 인간은 의지할 곳 없이 공허와 고통에 시달리는 존재이고 해석된 세계에서 관습에 맹종하는 존재이다. 인간은 천사처럼 해석이 개입하지 않은 사물을 생생하게 지각하지 못한다. 천사가 보여주는 정신의 아름다움은 소멸하는 존재인 인간의 몰락을 무시하고 멸시한다. 그러나 릴케는 남자에게 버림받고 메마른 고독을 노래로 견뎌낸 가스파라 스탐파를 시위를 떠나 전율하며 운명의 한계 너머로 날아간 화살에 비유한다.

2. 인간은 불타 사그라지는 나무이고 새벽녘에 풀잎에 맺혔다가 스러지는 이슬이다. 나무는 있고 인간은 흐른다. 영속성 없이 유동하는 인간의 감성과 지성은 천사에게 하찮은 것에 지나지 않는다. 그러나 육체를 가진 인간은 상대의 육체를 애무하면서 사랑 속에서 포도처럼 성숙할 수 있다.

3. 애무의 어두운 숨결 속에는 피의 하신이 살고 있다. 인간의 내면은 태고의 수액이 흐르는 심연이다. 내면의 황야에 살고 있는 괴수를 달래지 못하면 무너져내리는 산더미에 압사당하고 만다. 어머니는 아들을 혼돈에서 지켜주는 은신처가 될 수 있으나 보호는 아들의 존재를 왜소하게 제한한다. 아들은 어머니의 보호를 받지 않고서도 핏속에서 솟구치는 태고의 용솟음을 스스로 조절할 수 있는 자제력을 훈련해야 한다.

4. 인간은 신체 없는 정신인 천사도 아니고 정신 없는 신체인 인형도 아니고 천사와 인형의 합일체도 아니다. 인형이 된 천사들이 부엌과 거실, 공장과 회사에 가득차 있다. 릴케는 그들을 인간이라고 부르지 않는다. 릴케가 인간이라고 부르는 존재는 갈등과 대립, 불안과 가식에 시달리면서도 성내지 않고 부드럽게 죽음을 품에 안을 수 있는, 불완전한 동물이다.

5. 대도시에서 곡예사(노동자)들은 억지 미소를 지으며 위험한 경쟁을 계속하다 폐인이 되고 유행품점 주인(자본가)들은 매듭을 감고 풀고 하면서 하나같이 거짓으로 물들인 리본을 고안해내어 부자가 된다.

6. 존재가 상승이라는 점에서 영웅은 어려서 죽은 아이들과 같다. 상승하다 소멸한 그들은 하강을 알지 못한다. 소녀들은 미래의 영웅들에게 자신을 바치는 희생 제물이 되고 싶어한다. 그들도 소멸보다 하강을 더 싫어하기 때문이다. 그러나 영웅들과 소녀들에게는 인간 존재의 비루함에 어울리지 않는 미숙함이 들어 있다.

7. 곪은 상처에 시달리며 보람 없이 살다 도시의 골목에 쓰레기처럼 버려져서 죽어가더라도 인간은 내면에 신전을 세울 힘을 간직하고 있다. 인간의 공간에 수천 년 동안 지속되는 견고한 감성으로 세워놓은 샤르트르 성당이 있고, 몇백 년이 지나도 인간의 공간에 여전히 처음처럼 신선한 감성으로 넘쳐흐르는 바흐의 음악이 있고. 더이상 내면의 석주를 세우지 않는 시대에도 온몸의 구석구석이 사랑에 젖어 창가에 기대서 있는 버림받은 여자가 있다. 릴케에게는 이것들이 천사의 유혹을 단호하게 거절하고 인간의 고통 속에 머물러야 할 이유가 된다.

8. 천사와는 다른 방식이지만 동물들도 그들 나름의 열린 세계에 살고 있다. 그것은 부정이 없는 곳이고 어디도 아닌 곳이고 죽음으로부터 자유로운 곳이다. 동물들은 신을 보면서 영원으로 걸어들

어간다. 인간이 미래를 볼 때 동물은 일체를 본다. 인간은 단 하루도 해석되지 않은 순수 공간에 머물지 못한다. 언제까지나 모태 속에서 살고 있는 동물들은 어머니로부터 분리되는 고통을 모른다. 인간은 태어나면서 날아야 하는 새와 같다. 인간에게 사는 것은 이별의 연속이다.

9. 인간은 말하는 존재이다. 몸이 없는 천사는 입으로 말하지 못한다. 인간의 언어를 통하여 비탄과 고뇌조차도 형상을 갖춘 사물이 되고, 죽음과 파국조차도 바이올린 선율에 어울리는 노래가 된다. 눈에 보이지 않는 것을 말로 마음속에 되살려내는 것이 인간에게 위탁된 사명이다. 인간은 말을 하기 위해서 지상에 존재한다. 인간이 사물들 자신도 생각하지 못하고 있는 사물의 본모습을 말할 수 있다는 것에는 천사들도 놀라지 않을 수 없을 것이다. 천사에게는 관조가 중요하지만 인간에게는 경험이 중요하다. 지상의 시간은 무겁고 괴롭고 긴 경험의 시간이다. 힘겹게 얻어낸 단어 하나가 표현할 수 없었던 경험을 드러내준다. 지상에 존재하는 모든 것이 인간의 언어를 기다리고 있다. 인간은 왜 고통스러운 삶을 어렵게 계속해야 하는 것일까? 인간에게 가장 중요한 것은 지상에 살아 있는 것이기 때문이다. 인간은 지상에서 가장 사라지기 쉬운 존

재이다. 인간에게 모든 것은 한번 가면 다시는 되돌아오지 않는다. 그러나 인간이 지상에 존재했다는 사실, 그것만은 어떤 일이 있어도 철회할 길이 없다.

10. 인간에게 고통은 토지가 되고 거처가 되고 장소가 되고 잠자리가 되고 정착지가 된다. 도시의 도로에서는 어느 누구도 안식처를 찾지 못한다. 오만가지 선전들이 북을 치며 호기심을 불러일으켜도 그곳에 있는 것은 돈의 해부학이 잘라 내놓는 돈의 성기뿐이다. 도시에서는 돈이 새끼를 치는 것을 생산이라고 부르고 생산을 가르치는 것을 교육이라고 부른다. 시에서 기성품으로 사들인 교회가 일요일의 우체국처럼 졸고 있는데 그 담벽에는 불사를 선전하는 포스터가 맥주 광고와 나란히 붙어 있다. 고통 덩어리를 채광하고 화석이 된 분노를 채굴하는 탄식 나라의 성채가 폐허가 된 채 남아 있다. 탄식의 왕족인 탄식의 여자를 따라 고뇌의 나라로 들어가야 인간은 비로소 생명을 낳는 기쁨의 샘을 발견할 수 있다. 도시에 통용되는 것은 상승하는 행복이지만 인간이 진정으로 추구해야 할 것은 하강하는 행복이다. 환자의 자리에서 보지 않으면 애인의 참얼굴을 알 수 없고 죄수의 자리에서 보지 않으면 사물의 참모습을 알 수 없다.

이 시의 번역자들은 한결같이 이 시에 등장하는 천사를 기독교의 천사가 아니라고 해석하였다. 손재준 교수는 "릴케의 천사는 기독교적 의미의 천사와는 다르다. 그것은 그 자체로서 완벽한 절대존재이며 절대미다"(열린책들 판, 399쪽)라고 하였고 김재혁 교수는 릴케 자신이 폴란드어 번역자에게 보낸 편지를 이 시의 천사가 기독교의 천사와 무관하다는 증거로 제시하였다(책세상 판, 581쪽). 우리는 기독교에 대한 릴케의 반감을 그의 글들 여기저기서 찾아볼 수 있다. 1913년에 스페인을 여행하면서 『쿠란』을 읽고 릴케는 스페인의 좋은 점은 모두 이슬람에서 왔고 스페인의 나쁜 점은 모두 기독교에서 왔다고 말했다. 1922년에 쓴 『젊은 노동자의 편지』에서 릴케는 이 지상의 사랑을 질투하여 그것을 감각적인 것이라고 경멸한 것이 기독교가 저지른 가장 고약한 짓이라고 하였다.

그러나 내가 보기에 릴케의 이런 말들을 액면 그대로 받아들이는 데에는 적지 않은 문제가 있는 듯하다. 『젊은 시인에게 보내는 편지』(두번째 편지)에서 릴케는 어디 가든지 성경과 덴마크 시인 옌스 페테르 야콥센(1847~1885)의 전집을 가지고 다닌다고 말했다. 『말테의 수기』에는 중세의 역사와 문학에 대한 릴케의 경탄할 만한 지식이 들어 있을 뿐 아니라 릴케는 중세 시인 루이즈 라베(1524~1566)의 중세 프랑스어 시를 독일어로 번역하였고, 47세 때인 1922년에는『마리아의 생애』라는 장시를 써서 동정 잉태의 심오한 의미에 대한 그 나름의 묵상을 기록하였다. 제2비가에서 릴케는 토비트의 아들 토비아의 여행길에 천사 라파엘이 동족 청년의 모습으로 그와 동행하였다는『구약』외경「토비트」5장의 이야기를 인용하였다.

기독교-이슬람의 전통에는 천사를 우주의 구성 요소로서, 존재의 한 단계로서 연구하는 천사학이 있다. 기독교와 이슬람의 차이는 요즈음의 중동 분쟁 때문에 과장되게 알려져 있으나 사실은 맹자와 장자의 차이보다도 적다. 예수를 신이 아니라 사람으로 보는 것이 그 두 종교의 유일한 차이인데, 이슬람교에서는 동정 잉태를 사실로 인정하고 신은 부모를 통하여 인간을 만들 수도 있고 부모 없이 인간(아담)을 만들 수도 있고 아버지 없이 인간(예수)을 만들 수도 있으므로 동정 잉태는 신이라는 증거로 충분하지 않다고 주장한다. 13세기에 토마스 아퀴나스는 고전적 천사학을 완성하였다. 『신학대전』은 모두 512개의 문제(2,669개 항목)로 구성되어 있는데 1부 신론이 119문제이고 2부 인간론이 303문제(I-114, II-189)이고 3부 신앙론(예수론)이 90문제이다. 1부 가운데 50~64문제가 천사학에 해당한다. 토마스에게 천사학과 인간학은 상호 해명의 구조를 이루고 있다. 천사는 감각으로는 파악할 수 없는 순수하게 지성적이며 정신적인 존재이다. 신체 없는 정신에 대하여 사고실험의 방법으로 연구하는 것은 인간의 특성을 규명하는 데 도움이 된다. 토마스는 생명을 지닌 것이 생명체가 되게 하는 생명다움을 영혼이라고 하고 식물 영혼과 동물 영혼과 인간 영혼을 구별하였다. 인간 영혼은 보편 인식과 개념 사고를 본성으로 하는 지성이고 이성이다. 존재는 물질과 생명과 정신의 세 단계로 구성된다. 인간은 있다는 말과 보인다는 말과 만져진다는 말을 동의어로 사용하나, 남에게 보이는 내가 나의 전부가 아니라는 사실로 미루어볼 때 눈에 보이지 않는 존재를 인정하지 않을 수 없다. 신은 선과 악, 진리와 허위를 구별하게 하는 마지막 근거이면서 동시에 지성으로 파악할 수 없다는 의미에서 단적인 비합리이다. 토마스가 말하는 신은 지적 탐구를 지적 탐구로 올바르게 성립시키는 무한 존재이다. 신은 신체 없는 무한 지성이고 천사는 신체 없는 유한 지성이다. 인간의 지성은 신체와 결부되어 있기 때문에 감각과 기억과 경험의 단계를 거쳐 인식하지만 신체 없는 천사의 지성은 인식을 위해 감각을 필요로 하지 않는다. 천사의 지성은 수면, 피로, 권태 같은 신체 상태에 좌우되지 않고 인식한다. 천사의 사유는 이미지 없는 사유이므로 주어와 술어를 결합하여 추리하고 판단하지 않는 관상(觀想)이다.

신체가 없는 천사는 음성을 통해 생각을 전달하지 못한다. 천사는 자기 정신 안에 있는 개념을 다른 정신에게 조명하여 다른 정신 안에 태어나게 할 수 있다. 천사들은 말하지 않으면서도 서로 다른 천사를 가르칠 수 있고 다른 천사에게 배울 수 있다. 천사는 인간의 정신 안에도 어떤 개념이 태어나게 할 수 있다. 천사들은 언어를 교환하는 대신에 사랑과 빛을 교환한다. 순수하게 지적인 인식에 기초한 천사의 사랑은 존재의 아름다움을 향한다. 천사들은 신에게 진리의 빛을 조명 받으며 신의 무한한 아름다움을 사랑하고 신의 아름다움을 분유하는 존재의 아름다움을 사랑한다. 그러나 천사의 의지가 영원법은 아니므로 천사의 자유의지가 영원법을 위반하는 경우도 발생할 수 있다. 천사에게는 무지나 정념에 의한 죄가 있을 수 없고 따라서 거짓과 꾸밈, 악한 습관 따위가 있을 수 없다. 다만 천사에게는 자신의 탁월성 때문에 자신의 지성을 신적인 무한 지성이라고 착각하여 신을 우주의 중심에서 주변으로 밀어내려고 할 위험이 있다. 천사에게는 오만과 질투의 죄를 범할 가능성이 남아 있는 것이다. 기독교-이슬람의 전통에서는 오만과 질투의 죄를 범한 타락 천사를 악마라고 한다. 토마스는 "악이 존재하면 신이 존재한다(Si malum est, Deus est, 『대이교도대전』 III-71)"라고 말했다. 토마스에 따르면 인간의 본성은 극도의 미완성이라는 데 있다. 인간은 실재하는 진리를 지성으로 이해할 수 있기 때문에 평생을 통해 인격을 완성해나가야 하며 이렇게 사는 것만이 인간으로서 인간답게 사는 인간의 길이다. 악이 없으면 인간의 길은 고유성을 상실하고 천사의 길이나 동물의 길과 통합되어버릴 것이다.

토마스의 천사학에 비추어볼 때『두이노의 비가』가 기독교-이슬람의 전통 위에 서 있다는 것은 의심할 수 없는 사실이라고 할 것이다. 엘리엇은 기독교 신자라는 신앙 고백을 하였으나,『황무지』에는 인도 사상의 그늘이 짙게 드리워 있으므로 한국 시인이 접근하기 쉽다고 할 수 있고 발레리는 다빈치의 제자이므로 희랍신화라는 가벼운 가면을 벗기면 세계 공통의 과제인 근대성의 문제를 찾아내기 쉽다고 할 수 있다. 그러나『두이노의 비가』는 기독교-이슬람의 전통을 철저하게 이해하지 못하면 파악이 불가능한 시이다. 한국 시인들이 많이 읽으면서도 정작 깊은 영향을 받기 어려운 이유가 바로 여기에 있을 것이다. 그리고 기독교-이슬람의 전통이든 불교-유교의 전통이든 근대와 중세의 상호 조명은 앞으로 한국문학의 궁색을 타개하는 길을 묻는 데 기여할 수 있으리라는 것이 나의 생각이다.

과 학 기 술 의 위 기 와
인 문 학 의 방 향

1. 데리다

1962년에 데리다는 후설의 『유럽 학문의 위기와 선험적 현상학』 (1936)에 부록으로 들어 있는 「기하학의 기원」을 번역하고 긴 해설을 첨부하여 『후설의 「기하학의 기원」』이란 책을 발간하였다. 『유럽 학문의 위기와 선험적 현상학』은 후설이 1934~5년에 작업한 내용을 후설 사후에 제자들이 정리하여 출판한 책이다. 1933년에 나치 정권은 유대인이라는 이유로 후설의 공적 활동을 금지하였다. 후설은 나치의 정치적 비합리주의가 유럽 학문의 위기에 기인한다고 판단하고 유럽 학문이 전제하는 주관주의와 객관주의를 동시에 극복하려고 시도했다.

　학문은 구체적인 삶에서 떨어져나와 추상적인 기호의 행렬로 조
직된 사실학으로 전락하였고 인간도 객관적인 대상을 사실로 숭배
하는 사실 인간으로 전락하였다. 대상은 주관과 무관하게 존재하
는 것이 아니라 과학적 가설로 설명할 수 없는 순수 의식이 구성한
것이다. 순수 의식에는 그것의 상관자인 생활 세계가 배경으로 드
러나 있다. 생활 세계는 우리의 일상생활이 영위되는 인간의 현실
이다. 생활 세계가 복권되지 않으면 학문과 삶은 분리된 채 남아 있
게 된다. 후설에게 학문의 과제는 학적 인식 이전에 우리에게 수동
적으로 주어져 있는 현실 경험을 순수 의식의 능동적 활동에 의해
서 확실한 지식으로 전환하는 것이다.

　「기하학의 기원」은 후설의 후기 사상을 집약하고 있는 논문이
다. 기하학은 인간의 작업을 통하여 정신적인 것으로 형성되었다.
표층에서 심층으로 들어가보면 기하학의 기원이 되는 최초의 창조
적 활동을 확인할 수 있다. 기하학은 고안자의 주관 속에서 구성된
정신적 작용의 성취물이다. 후설이 말하는 기하학의 역사성은 기
하학의 역사를 추적하는 것이 아니라 기하학의 근원적 의미를 문

는 것이다. 기하학의 진정한 의미를 해명하는 작업은 최초의 근원적 명증성에 소급하여 기하학의 역사성에 대하여 반성하는 작업이 된다. "금 이동의 내력이 금 가치의 기초가 될 수는 없다." * 이 근원적인 의미는 언어로 표현되어 모든 사람에게 이해될 수 있는 객관적 의미체가 된다. 대상의 객관성은 공통의 언어를 지닌 인간을 전제한다. 우리는 언어의 보편성에 의해서 세계를 모든 사람에게 타당한 것으로 이해한다. "기하학의 이념성은 대상 자체의 이념성이다. 이념성은 현실의 우연성에 연루되어 있는 모든 것을 제거한다. 전통의 가능성과 하나가 되는 번역의 가능성이 무한히 열려 있다."(72쪽) 언어는 공동주관적 동일성을 형성하는 데 결정적인 역할을 한다. 학문적 사유에서 이미 획득한 결과들은 새로운 것들을 획득할 수 있는 토대로 작용한다. 그리고 그 새로운 획득물들은 다시 침전되어 다음 작업의 재료가 된다. 역사성은 의미 형성과 의미 침전의 상호작용이다.

근대인은 기하학의 체계가 합리적 학문의 이념을 대변한다고 믿

---

* Jacques Derrida, *Edmund Husserl's Origin of Geometry: An Introduction*(Tr. John P. Leavey, Lincoln: University of Nebraska Press, 1989), 51쪽. 이하 이 책의 인용은 본문에 면수만 밝히기로 함.

는다. 기하학은 환경에서 직관적으로 경험하는 물체를 극한적인 형태로 추상한다. 직관으로 파악된 물체들은 유형적 관련성을 가지고 보편적 패턴을 드러낸다. 이 보편적 패턴이 의미 생성의 장으로서 피타고라스의 정리를 구성하는 근거가 된다. 피타고라스의 정리는 언제 어디서 누구에게나 동일한 의미를 가지고 있다. 지식은 인간 없이 혼자서 존재할 수 있는 자율체가 아니다. 주객 대립을 초월한 순수 의식이 지식을 객관적인 것으로 구성하는 것이다. 인간에게 세계는 사유의 대상인 현상으로 나타난다. 세계는 사유와의 연관성 속에서 비로소 의미를 가질 수 있다. 사유 대상은 사유 작용과 분리될 수 없다. 의식과 대상을 분리하려는 인위적인 노력은 성공할 수 없다. 대상은 의식에 대한 대상이고 의식은 대상에 대한 의식이다. 의식은 섬이 아니다. 의식이 자신을 넘어 작용하는 것을 지향성이라고 한다. 의식이 존재한다는 것은 의식이 어떤 것과 관계한다는 것이다. 의식이 세계를 경험하는 방식이 지각이다. 지각은 운동감각을 통해 수용된 대상의 다양한 국면을 동일성으로 구성한다. 지각의 수동성과 능동성은 서로 상대방을 함축한다. 가까이 가서 보고 듣고 또 멀리 떨어져서 바라보고 전후좌우를 둘러보면서 우리가 직관하는 지각 내용은 학문의 성립을 가능하게 하는 근거가 된다. 과학은 생활 세계의 구체적 통일성에 근거하여 인간이 형성한 구성체이다.

형상적 환원은 노에마의 반복이었다. 형상이 구성된 것이고 객관적인 것이기 때문에 형상을 지향하는 일련의 작용은 역사적 불투명성이 개입하지 않는 의미의 이념적 동일성을 복원할 수밖에 없다. 그것은 의미의 명증성과 불변성과 객관적 독립성을 해명하고 규정하는 문제가 될 것이다. 역사적 환원은 형상적 환원과 마찬가지로 태도 변경을 통하여 작업하지만 근원적 의미를 다시 활성화한다는 점에서 노에시스적이다. 그것은 이념적 대상의 구성된 의미를 반복하는 대신에 창시적이고 창립적인 작용의 관점에서 의미의 의존성을 자각하게 해야 할 것이다. (47쪽)

환원과 구성은 직관에 주어져 있는 것을 주어져 있는 그대로 받아들이고 주어져 있는 것의 밖으로 조금도 벗어나지 않으면서 주어져 있는 것을 드러내는 의식 작용이다. 지각 대상에는 잠재적 가능성이라는 내적 지평과 대상들 사이의 관계라는 외적 지평이 들어 있다. 주어져 있는 것은 지평 때문에 우리가 속속들이 알 수 없는 미지의 어떤 것이 된다. 우리가 사물을 지각할 때 우리는 사물의 한 측면을 지각한다. 사물의 다른 측면은 그늘을 드리운 채 우리에게 가려져 있다. 그러나 의식의 흐름 속에서 의식 작용과 함께 흐르는 의식 대상은 그늘이 없이 모든 측면을 드러낼 수 있다. 환원은 우리의 눈길을 외부 공간에 존재하는 사물이 아니라 의식에 내재하는 사물로 돌리는 의식 작용이고 구성은 의식에 내재하는 사물에 의미를 부여하는 의식 작용이다.

세계는 개별 인간의 세계이면서 동시에 인간 공동체의 세계이다. 서로 다른 인간들의 서로 다른 지각들은 타인과 함께하는 지향성에 의하여 수정되고 정정되어 불일치를 일치로 전환하는 공동주관의 지각이 된다. 생활 세계의 상대적 지식을 넘어 공동주관의 보편적 지식을 구성하려면 우리 밖에 대상이 의식에서 독립된 객체로서 존재한다는 신념을 무력화시켜야 한다. 신념에서 무신념으로 전환하는 태도 변경을 판단중지라고 한다. 태도를 변경할 때마다 나타나는 서로 다른 현상들이 겹쳐지고 합쳐져서 본질을 형성한다. 기하 문제를 풀기 위해 종이에 삼각형을 그릴 때 우리는 그려진 삼각형에서 삼각형의 본질을 직관한다. 의식의 대상이 되는 개체는 일시적이고 일회적인 개체가 아니다. 개체에는 개체를 개체이게 하는 본질이 내재한다. 개체는 본질을 가지고 있기 때문에 바로 그 개체가 된다. 현상학은 사실학이 아니라 본질학이다. 변체들이 겹쳐져서 일치에 이르는 수동적 종합은 의식에서 발생하는 일상적 경험이다. 생활 세계의 판단중지는 어떤 한 부분 지식에 대한 판단중지가 아니라 상대적 지식 전체에 대한 총체적 판단중지이다. 의식의 흐름에는 이전에 획득한 것들이 과거 지향으로서 배경에서 함께 흐르고 있고, 항상 새롭게 현실화될 수 있는 미래 지향이 과거 지향과 구조적인 연관성을 가지고 함께 흐르고 있다. 의식의 흐름 속에 있는 어떤 것도 개별적으로 고립되어 있을 수 없다. 부분 지각은 전체 지각의 지평 속에서 일정한 질서를 형성하고 있다. 의식의 흐름이 지평적인 성격을 지니고 있기 때문에 생활 세계의 판단중지는 총체적 태도 변경이 될 수밖에 없다. 판단중지는 인간에게 모든 전제로부터 해방되는 자유를 선사한다. 추상의 외피를 걷어내고 감성적 직관에 단순하게 주어져 있는 것을 새롭게 해명하는 것이 학문의 단초가 된다. 그러므로 학문을 연구하는 행위는 주관이란 실체가 객관이란 실체를 인식하는 활동이 아니라 주관과 객관의 상관관계 속에서 발생하는 사건이다.

나는 현재 통용되고 있는 기성의 기하학에서 출발하여 그것을 통하여 그것의 기원으로 돌아가서 그 근원적 의미를 되짚어 묻기 위해 그것을 현상학적으로 독해할 수 있다. 수많은 침전물들에도 불구하고 그러한 침전물들 덕분에 우리는 역사에 전통의 투명성을 돌려줄 수 있다. 후설은 되짚어 묻는다고 말한다. Rückfrage(되짚어 물음―역자)는 널리 쓰이는 말이지만 여기서는 정확한 의미를 가진 개념으로 사용된다. 그것은 원거리 통신의 경우에 우편과 서한의 조회와 조사를 의미한다.(50쪽)

눈길을 인식 대상의 대상성으로부터 대상성을 의식하는 주관의 인식 형성 작용으로 돌려서 인식 형성의 궁극적 원천에 대해 질문하는 것을 후설은 되짚어 묻는 것이라고 하였다. 연구자는 학문의 성립 근거와 성립 기반을 그 최하층에까지 질문해 들어가야 한다는 것이다. 순수 의식은 과학의 추상적인 방법으로는 파악될 수 없는 주관성의 영역 속에서 작용한다. 우리는 순수 의식을 과학으로 설명할 수 없다. 대상의 의미를 구성하는 순수 의식은 내부와 외부의 대립을 초월하는 궁극적 영역이다. 객관적 학문의 논리가 통하지 않는 이 미지의 의식 작용이 대상을 구성하고 의미를 형성한다. 우리는 우리의 눈길을 주어져 있는 사물의 다양성에 돌릴 수도 있고 다양한 국면들의 상관적 본질에 돌릴 수도 있고 바라보는 주체들의 공동체에 돌릴 수도 있다. 다양성과 본질 형식과 공동주관이 서로 전환하는 가운데 신험적 환원의 보편적 과제가 실현된다. 타자는 나의 지향적 상관자로서 나의 의식에 작용하여 나의 눈길을 공동주관의 지점으로 옮겨갈 수 있게 한다. 그러나 공동주관이 모든 사람을 포함한다 하더라도 대상을 구성하는 궁극적 근거는 세계의 타당성을 심문하는 나이다.

각 연구자는 목표와 과제의 통일성에 의하여 다른 연구자와의 연대를 느낄 뿐 아니라 그의 안에서 그리고 그에 의하여 과학적 연구자로서 그가 수행하는 행위의 하나하나를 책임지는 총체적 주관성의 이념과 지평에 의하여 연구자 자신의 주관성이 구성된다. "그의 안에서 그리고 그에 의하여"는 그가 진리를 구성하는 현재의 원천, 다시 말해서 절대적 기원이기 때문에 그 무엇으로도 그를 대체할 수 없다는 뜻이다. 현상학에서 볼 때 선험적 우리와 선험적 나는 다른 것이 아니다.(61쪽)

기성의 논리와 방법으로 세계를 재단하려고 하지 않으며 주체와 객체의 어느 한쪽을 토대로 설정하지 않으면서 순수 의식은 항상 새롭게 대상을 구성한다. 과학의 위기는 과학이 자존하는 자율체가 되어 생활 세계가 과학의 의미 기반이라는 사실이 망각되고 과학을 수행하는 주관의 권리가 무시된 데에 기인한다. 학문의 위기를 극복하려면 객관주의가 망각하고 있는 정신을 복권하고 지식의 우상숭배를 타파해야 한다. 후설은 생활 세계로 귀환하고 다시 순수 의식으로 귀환하는 것을 역사성의 인식이라고 하였고 데리다는 역사성의 인식에 글쓰기의 본질이 있다고 하였다. "글쓰기에 의하여 가능해진 최종적 객관화가 없었다면 모든 언어는 말하는 주관 또는 말하는 주관들의 사실적이고 외현적인 지향성에 사로잡혀 있을 것이다. 대화를 절대적으로 잠재화함으로써 글쓰기는 모든 외현적 주체가 사라지는 일종의 자율성을 선험적 장(場)에 부여한다."(89쪽)

2. 스티글러

데리다의 제자인 스티글러는 2009년에 『신정치경제학 비판(Pour une nouvelle critique de l'économie politique)』을 내어 현대 기술의 위기에 대하여 진단하였다. 그에 의하면 기술의 본질은 외부환경을 동화하여 내부환경을 강화하는 신진대사 기능에 있다. 기술체계는 원래 내부환경과 외부환경의 신진대사를 촉진하기 위하여 내부환경에서 분비되는 내부환경의 구성체이다. 그러므로 기술체계는 다른 사회체계들과 접촉하여 체계들 사이의 통합에 기여하는 기능을 해야 한다. 기술체계가 다른 사회체계들을 변화시키듯이 다른 사회체계들도 기술체계를 회절시키고 굴절시킨다. 역사는 기술의 생성에 내재하는 미래의 차원을 재건하여 기술의 생성을 사회 변화의 장기회로에 따라 순환하게 하는 방향으로 조절해왔다. 그러나 20세기 말에 이르러 금융체계가 생산체계와의 연관성을 상실하고 기술체계를 지배하게 되었고 기술체계는 거꾸로 법체계, 가족체계, 교육체계, 정치체계에 폭력적으로 침투하게 되었다.

기술적 경향들은 이미 내부환경에서 유래하지 않고 내부환경에서 분비되지 않는다. 탈영토화되고 전지구화된 기술체계의 손에 장악된 기술 환경은 내부환경에 마비 상태와 중독 상태를 초래하고 내부환경이 존재하지 않는다고 말할 수 있을 정도에 이를 때까지 내부환경을 희석한다.*

---

* Bernard Stiegler, *For a New Critique of Political Economy* (Tr. Daniel Koss, Cambridge: Polity Press, 2010), 116쪽. 이하 이 책의 인용은 본문에 면수만 밝히기로 함.

현대사회에는 이윤율이 떨어지는 경향과 이윤율의 하락을 상쇄하는 경향이 함께 작동하고 있다. 어느 한 경향이 존재하지 않는다면 경향이 아니라 결정론적 진화가 사회를 지배하게 될 것이다. 20세기 말부터 상쇄 경향이 약세로 돌아서서 이윤율의 하락이 세계 전반의 일반적 추세가 되었다. 기업은 마케팅을 강화하여 이윤율의 하락을 막으려 하였다. 기업이 단기 이익 중심의 투기적 경영 방법을 선택하자 생산이 판매 과정의 일부로 편입되었다. 불변자본과 가변자본이 동반하여 축소되고 가공자본(fictitious capital)만 확대되는 소비주의 모델에 따라 금융체계가 기술체계를 통제하며 세계를 주도하게 되었다. 가공자본의 단기회로가 불변자본과 가변자본의 장기회로를 잠식하여 즉시 돈으로 바꿀 수 없는 것은 그것이 무엇이든 가치를 인정받을 수 없게 되었다. 인간은 누구나 능력이 미치는 한 어떻게 해서든지 자기를 보존하고 활성화하려고 노력한다. 위축 상태에서는 정신 기능이 적절하게 작용하지 않기 때문에 일정 수준 이상 활성화 상태를 유지하지 못하면 인간은 자기를 보존할 수 없다. 투기는 과거와 미래의 연결고리를 잘라내어 시간의 역동성을 동결시킨다.

부분체계들이 흩어져서 따로 노는 환경에서 보듯이 이 모든 무

책임의 결과는 부정적 외부환경의 확대와 필연적으로 얽혀 있다. 분열된 환경은 개인의 심리를 집합적 개인화의 관계구조로부터 단절시키고 이 환경요인에 연관되어 있는 (금융 투기와 충동이 야기하는) 파괴적인 투자는 사회의 구석구석에 구조적 단기주의 (short-termism)라는 독을 퍼뜨린다. 충동과 투기는 본질적으로 단기적이다.(59쪽)

나스닥(NASDAQ) 회장을 지낸 버나드 매도프는 자기 돈 없이 증권회사를 설립하여 신규 투자자의 돈으로 기존 투자자에게 수익금을 지급하는 방식으로 20년 동안 650억 달러의 다단계 금융 사기를 벌였다. 그에게 피해를 입은 사람은 72만 명에 달했다. 그는 2008년 12월에 체포되어 2009년 6월에 150년 징역형과 171억 7,900달러의 몰수형을 선고받았다. 속아서 그에게 투기한 사람들에게 손실이 되는데도 불구하고 매도프는 그가 취득한 500억 달러를 이윤이라고 부른다. 그러나 가공자본의 사기적 이윤은 불변자본과 가변자본의 정상적인 평균이윤율과 무관하게 조작된 기대를 따라 오르내린다. 투기하는 사람들은 전시의 모리배들처럼 세상을 냉소하면서 세상의 어떤 것과도 내적인 관계를 맺지 않고 사는 사람들이다.

소비주의 사회에서는 사람과 사물이 한 번 쓰고 버릴 수 있는 대상으로 변형된다. 금융체계가 불변자본(회사)과 가변자본(기술자)을 구조적으로 폐기할 수 있는 대상들로 재구성한다. 가공자본은 금융체계에 의하여 조작된 기대 이외에 다른 아무것에도 관심을 기울이지 않는다. 가공자본은 자산을 기반으로 신용을 평가하지 않기 때문이다. 소비주의 사회가 야기하는 개념 포기, 사유 포기, 비판 포기는 삶을 활성화하는 인간의 능력을 고갈시키게 될 것이다. 노동력을 창조하는 기술지(savoir-faire)와 구매력을 창조하는 생활지(savoir-vivre)가 균형을 상실하면서 인간 존재의 모든 국면에서 사유 능력과 기억 능력이 위축되었다. 제 힘으로 생각하지 못하는 기억 상실자들이 디지털 네트워크의 방대한 기억을 소비하고 있다. 지식과 기억을 상실한 소비자들은 복제 기계로 이전된 기억을 소비하고 있기 때문에 지식과 기억의 필요를 절감하지 못한다. 기술지가 결여된 노동력과 생활지가 결여된 구매력이 사회 전체를 백치들의 특성 없는 시장으로 만든다.

기계화와 자동화가 가변자본의 역할을 위축시켰기 때문에 기술자와 노동자는 지식과 기억의 상실을 당연하게 여기게 되었고 대량 실업을 일상다반사로 수용하게 되었다. 스티글러는 2050년에는 전체 성인 인구의 5퍼센트 정도면 전통적인 산업 영역을 관리하고 운영하는 데 충분할 것이라고 한 제러미 리프킨의 말을 인용(24쪽)하고, 계산할 수 있는 고용 시간에 거래되는 지식과 계산할 수 없는 작업 시간에 요청되는 지식을 함께 고려하는 보수체계를 구상하자고 제안한다. 상품을 생산하고 생산을 관리하는 시간의 보수는 회사가 지불하고 지식의 실제적인 발전에 바치는 시간의 보수는 나라가 지불하는 방법을 찾아보자는 것이다. 스티글러는 신자유주의 경제학자 밀턴 프리드먼이 제안한 마이너스 소득세(negative tax)도 새로운 보수체계의 시행에 기여할 수 있다고 생각한다. 일정 수준 이상의 소득이 있는 사람에게서는 플러스 세금을 걷고 일정 수준 이상의 소득이 없는 사람에게서는 마이너스 세금을 걷자는 그의 제안은 세율을 적절하게 산정하기만 하면 공무원의 자의적인 개입을 막으면서 복지 정책과 조세 정책을 통합하는 장치가 될 수 있다는 것이다.

오티움에 유래하는(다시 말하면 노에시스의 판단중지에 유래하는) 긍정적 외부환경의 구성과 작업 수행의 지원은 공동주관의 장기 회로를 구성할 수 있게 하는 필요조건이다. 오티움은 부정적 외부환경의 확대에 대항하는 투쟁의 가능성이 된다. 소비주의의 실패와 환경의 균형 상실은 부정적 외부환경의 확대가 일으킨 결과를 온 인류에게 드러내 보여주었다. 이러한 불균형 중에서도 우리는 현재 사회를 지배하고 있는 마케팅의 단기주의에 특별히 유의해야 한다. 단기주의의 독재가 사적 영역뿐만 아니라 (정치적 공간과 정치적 시간 같은) 공적 영역에도 위력을 떨치고 있다.(57쪽)

흔히 오티움(otium)을 여가라고 번역하지만 노동하기 위해 필요한 여가는 노동의 연장이고 노동의 일부이다. 노동하는 시간을 줄이면 소비하는 시간이 늘어날 뿐이다. 오티움은 일 자체를 위해 일하는 학습 시간이고 오티움의 부정인 네고티움(negotium)은 보수를 위해 일하는 노동 시간이다. 나는 오티움을 관조라고 번역하여 인간의 시간을 노동과 여가와 관조의 세 층위로 구성된 다원구조로 보고 싶다. 노동에도 여가에도 관조가 수반될 수 있다. 관조는 발견과 통찰의 과정이며 정적을 간직한 활동이며 한가한 가운데 긴장을 유지하는 시간이다. 한가와 집중이 공존하는 관조는 아무 일도 하지 않는 시간인 것처럼 보일지 모르지만 내면에서 보면 치열한 집중과 침잠과 참여의 순간인 것이다. 정신없이 바쁜 사람은 오티움을 상실한 사람이다. 충동에 기반한 단기회로의 투기가 기술의 위기를 초래하였고 기술의 위기는 다시 일반화된 공허함을 지구 전체에 확산시켰다. 스티글러는 기술의 위기를 극복하려면 먼저 인간의 관조 능력을 재건해야 한다고 생각한다.

3. 제아미

동아시아에서 19세기 이전의 예술론은 기술과 예술의 긴장을 감득하고 기술은 예술의 전율을 체득하는 수행이 되어야 한다는 공동의 주제를 가지고 있었다. 예를 들어 1400년 이후 20여 년간 집필된 제아미(世阿弥, 1363~1443)의 『풍자화전』은 꽃으로 상징되는 예술의 탐구를 예술의 목적으로 규정하였다. 1909년에야 세상에 알려지기 시작하여 1956년에 전체가 간행된 제아미의 연극론은 동아시아의 예술이 정신의 수행이었음을 분명한 형태로 보여주고 있다. 「양식과 꽃(風姿花伝)」「꽃을 찾아가는 길(至花道)」「꽃거울(花鏡)」「아홉 단계(九位)」 등 제아미의 중요한 연극론에는 유학과 불교의 핵심이 응축되어 있다. 제아미에게 꽃을 이해하는 것은 연극(能 , 노)의 비밀을 이해하는 것이다. "꽃이 연극의 생명인데 꽃이 사라졌음을 모르고 전날의 명성만 믿고 있다는 것이 나이든 배우의 돌이킬 수 없는 실책이다." * "꽃과 매력과 희귀함, 이 세 가지는 동일한 것이다. 끝내 지지 않고 남아 있는 꽃이 어디 있겠는가. 지기 때문에 피는 시절이 소중한 것이다. 연극에서도 한곳에 머물러 정체하지 않음이 꽃인 줄 알아야 한다. 정체하지 않고 늘 새로운 연기(演技)로 바꾸기 때문에 희귀하고 신기한 것이다."(82쪽) 꽃의 희귀함과 신기함은 연기를 통하여 관중에게 전달되지만 꽃 자체는 기술이 아니라 마음이다. 제아미는 꽃을 추구하면서 동시에 시듦을 대비한다.

시듦은 하나의 풍격이다. 그러나 그것은 꽃을 체득한 후에나 알수 있는 일일 것이다. 기술로 연마해서 얻을 수 있는 경지가 아니다. 어느 한 가지 꽃을 탐구해본 배우라면 시듦의 경지를 짐작할수 있을 것이다. 시듦은 꽃보다 더 높은 경지라고 말할 수 있을지모른다. 꽃이 없다면 시듦은 무의미하다. 꽃이 시들기 때문에 재미있는 것이다. 꽃이 없는 초목이 시든들 무슨 흥미를 줄 것인가?(51쪽)

제아미는 꽃을 체득한 연기는 저절로 우아한 멋(幽玄)과 리얼리

---

*『世阿弥芸術論集』(東京: 新潮社, 1976), 43쪽. 이하 이 책의 인용은 본문에 면수만 밝히기로 함.

티(物眞似, 모노마네)를 드러내게 된다고 생각했다. 연극의 목표는 자아를 초월하여 역할을 완성하는 데 있다. 무아경(無我境, egoless-ness)에 들어야 비로소 자연스러움과 리얼리티가 몸에서 배어나오고 분별지(分別智)를 초월해서 무지의 지(docta ignorantia: don't know mind)에 이르러야 비로소 우아하고 유장한 멋이 몸에서 우러나온다. 제아미는 우아한 멋의 표현을 연기의 첫째 조건으로 간주하였다.

한결같이 아름답고 부드러운 태도가 우아한 멋의 본질이다. 몸에서 풍겨 나오는 평온하고 여유 있는 자태의 아름다움이 우아한 멋인 것이다. 말을 품위 있게 하고 한마디라도 바르고 격식 있게 하는 것이 말씨의 우아한 멋이다. 노래할 때는 선율이 거칠 것 없이 유려하게 들리면 이것이 노래의 우아한 멋이다. 연습이 충분하여 몸짓이 아름답고 조용한 표현으로 관중에게 흥미를 느끼게 한다면 이것이 춤의 우아한 멋이다. 남자, 여자, 군인 등 각 배역에 따라서 각각 적합한 효과를 낸다면 이것이 배역의 우아한 멋이다. 귀신 같은 무서운 배역을 연기할 때에는 몸짓은 비록 거칠게 하더라도 아름답게 표현하려고 노력하고 신체의 표현을 의도의 7분 정도만 나타내고 몸은 격렬하게 움직이더라도 발은 유순하게

놀리도록 힘쓰는 것이 귀신 역의 우아한 멋이다.(140쪽)

리얼리티는 무엇보다 먼저 배역에 대한 철저한 연구를 필요로
한다. 여자, 노인, 어린이(子方, 코카타), 광인, 승려, 죽은 군인(修羅),
신들, 귀신, 외국인(唐事) 등의 배역에 적합하게 연기하려면 표면적
인 흉내가 아니라 본질적인 모방이 되어야 한다. 다시 말하면 연극
의 배역체계 안에서 각 배역이 담당하는 직능의 본질을 파악하는
연기가 되어야 한다. 일본의 연극에는 사실주의적 요소가 거의 없
으므로 연기의 리얼리티라고 할 때에 그 리얼리티는 사실주의적
현실 모방을 의미하지 않는다. 머리를 조금 숙이면 슬픈 것이 되고
머리를 깊이 숙이면 통곡하는 것이 되는 단순성과 암시성과 상징
성이 일본 연극의 특징이다. 고도로 양식화된 연기에서 리얼리티
는 행동의 모방이 아니라 양식화된 연기로 분위기를 감득하게 하
는 심정의 일치이다. 연극 전체의 상징체계에 익숙해지기 위하여
배우들은 누구나 춤과 노래를 철저하게 연습해야 하고 여자와 노
인과 군인의 역할을 두루 연구해야 한다. 다양한 형태의 춤과 모든
종류의 노래를 세 가지 역할에 배합함으로써 연기가 완성된다. 이
러한 연기의 훈련을 제아미는 2곡 3체(二曲三體)라고 하였다. 그는
다시 배우의 연기를 아홉 단계로 나누었다.

1. 창조적 매력(妙花風)

2. 심오함(寵深花風)

3. 평온함(閑花風)

4. 진실함(正花風)

5. 다재다능(廣精風)

6. 기본기(淺文風)

7. 굳세고 섬세함(强細風)

8. 굳세고 조야함(强矗風)

9. 거칠고 무거움(矗鉛風)

아래 세 단계(7~9)는 연습하지 않아도 할 수 있고 가운데 세 단계(4~6)는 연습해야 할 수 있고 위의 세 단계(1~3)는 연습만으로는 도달할 수 없다. 배우들은 먼저 가운데 세 단계를 연습하여 체득하고 점점 더 나아가 위의 세 단계에 도달한 후에 아래 세 단계를 배워야 한다. 아래 단계는 아무나 할 수 있는 기술이지만 최고의 기술을 체득한 배우에게는 그 낮은 기술이 도움이 된다. 제아미는 최고의 단계를 설명하면서 "신라에는 한밤에도 태양이 휘황하게 빛난다"(新

羅夜半に, 日頭明らかなり)는 『대혜어록』의 한 구절을 인용하였다. 이 책은 동아시아 불교의 기본 교과서 『서장』을 지은 보각선사 대혜 종고(宗杲)의 어록이다. 한국에 대한 중국인의 언급을 인용한 것은 제아미 자신이 동아시아 문화의 보편성을 의식하고 있었다는 증거가 된다고 보아도 무방할 것이다. 제아미는 연극을 눈(見)과 귀(聞)와 마음(心)으로 비평하라고 권고하였다. 먼저 춤과 노래와 의상 등 구체적이고 감각적인 국면을 보고, 다음에 배우들의 말씨와 노래의 리듬과 정조를 듣고, 마지막으로 연극 전체의 주제와 매력을 맛보아야 한다는 것이다. 제아미는 연기에도 사람처럼 피부(皮)와 살(肉)과 뼈(骨)가 있다고 하였다. 뼈는 타고난 재능이고 살은 훈련으로 형성된 재능이고 피부는 개인의 특성이다. 또한 제아미는 배우에게는 주관적 안목과 객관적 안목이 구비되어 있어야 한다고 주장하였다. 자신의 연기를 내 눈(我見の見: 가켄-노-켄)으로 볼 수도 있어야 세상의 평가에 좌우되지 않고, 자신의 연기를 남의 눈(離見の見: 리켄-노-켄)으로 볼 수 있어야 편견과 독단에 떨어지지 않을 것이기 때문이다. 배우 자신의 눈은 자신의 등뒤 쪽을 보지 못하나 관중의 눈으로 멀리서 자신을 보면 자신의 뒷모습까지 관찰할 수 있다. 자기 자신에 대하여 반성적 거리 감각을 지녀야 한다는 충고는 현대적인 미학 이론에 통하는 면을 보여준다. 그러나 제

아미는 내 눈과 남의 눈을 주관과 객관이 아니라 육안(肉眼)과 심안(心眼)으로 사용하기도 하였다.

> 육안으로는 미치지 않는 구석구석까지 꿰뚫어보고 오체(五體)가 균형 잡힌 우아한 멋을 보여줘야 한다. 이것이 곧 마음의 눈을 뒤에 둔다는 것이 아니겠는가? 거듭 말하거니와 스스로 돌아보는 눈의 진의를 깨닫고 눈은 눈 자체를 보지 못한다는 사실을 인식하고 전후좌우를 똑똑히 볼 수 있도록 해야 한다.(124쪽)

19세기 이전의 동아시아는 하나의 문화였다. 한국과 중국과 일본 사이에는 여러 가지 갈등이 있었으나 동아시아의 주민들은 동일한 세계 이해를 공유하고 있었다. 그들의 사유는 기술을 초월하여 기술의 근거가 되는 예술에 접근하려는 모험을 감행하였다. 그들은 기술에 대하여 말하는 것보다 예술의 말에 귀를 기울이는 것을 더 좋아하였다. 예술 정신이야말로 동아시아의 진정한 보편성을 구성하는 가치였다. 기술을 넘어 예술을 탐색하는 편력에서 동아시아의 철학과 종교가 생성되었다. 그러므로 국가와 민족의 차이를 넘어서 동아시아의 고전 문화는 우리 공동의 유산이고 그 문화유산을 산출한 사람들은 모두 우리의 선배이다. 연암이 한국의 고전 작가가 아니라 동아시아의 고전 작가로 기억되어야 하듯이 제아미의 예술론도 일본의 예술론이 아니라 동아시아의 예술론으로 기억되어야 한다. 제아미에 의하면 문화의 위기는 예술을 망각한 기술 숭배에 있다. 제아미가 예술의 본질이라고 한 꽃은 미지의 세계를 의미하는 것이 아닐까? 예술의 본질이 미지의 발견에 있다면, 예술을 중심으로 그 주위에 펼쳐지는 인문학은 미지의 영토를 탐색하는 영원한 편력이라고 할 수 있을 것이고 인문학의 방향은 안주의 유혹을 거절하고 편력에 나서겠다는 일심을 잊지 않는 데 있을 것이다.

문 제 는
계 산 이 다

1.

A.

"힘을 주어야지요! 문명을 주어야지요."

"그리하려면?"

"가르쳐야지요! 인도해야지요!"

"교육으로, 실행으로."

—이광수,『무정』

B.

힘. 의지? 그런 강력한 것. 그런 것은 어디서 나오나. 내. 그런 것만 있다면 이 노릇 안 하지. 일하지. 하여도 잘하지. 들창을 열고 뛰어내리고 싶었다.

—이상, 「지주회시」

이광수는 인용문 A에서 힘을 문명과 같은 의미로 사용하였다. 문명(文明)은 '우아하게 밝힌다'는 뜻으로 『주역』에도 나오는 말이다. 서양에서는 기록된 역사를 지니고 있거나, 자연 채취의 단계를 넘어선 사회의 생활방식을 문명이라고 하였다. 그렇다면, 우리의 역사에 기록이 없는 것이 아니고, 자연 동력을 이용한 농업경제로나마 국토 전체가 경작되고 있으며, 우리 나름의 우아하고 밝은 삶의 양식이 분명히 존재하는 터에 『무정』의 주인공 이형식은 무엇 때문에 새삼스럽게 문명을 주겠다고 하였을까? 이광수는 문명을 서양 사람들의 생활방식이라고 생각한 듯하다. 당시에 그러한 삶의 태도를 우리에게 소개해준 주체는 일본이었으니, 이형식이 선사하겠다는 문명에는 일본 사람들의 생활방식도 포함되어 있을지 모른다. 이광수는 "서양 또는 일본의 생활방식이 우리 사회에 하나의 양식으로 정착되어 섬세한 삶의 결을 형성할 수 있을 것인가"라는 질문을 제기하지 않았다. 설령 여러모로 일본을 찬양했다고 하더라도 이러한 의문을 제기할 수 있었다면 이 소설은 좀더 깊이 있는 작품이 될 수 있었을 것이다.

하늘이 분부한 것을 본성이라고 하고, 본성을 따르는 것을 도리라고 하고, 도리를 수행하는 것을 교육이라고 한 전통적 사고에 비추어보면, 문명을 교육하고 문명을 실행하겠다는 태도는 전적으로 서구의 관점에 의지하고 있다. 민중에게 지식을 가르치고 세련된 행동을 습득시키자는 힘찬 호소에도 불구하고 이 소설에는 끝내 구체적인 교육 내용과 교육 방법이 드러나지 않는다. 누가 누구에게 무엇을 어떻게 가르칠 것인가라는 질문이 결여될 때, 모든 주장은 동어반복의 구호로 타락한다. 아마 이광수는 자기와 같이 지식 있고 세련된 사람이 무식하고 투박한 민중을 가르쳐야 한다고 생각했을 것이다.

당시의 사정으로 미루어볼 때 인용문 A의 첫 낱말인 힘은 침략에 대항하는 국권을 의미하며 동시에 중세적 특권에 대립하는 민권을 의미한다고 추측해볼 수 있다. 일본의 침략을 받고 나서 대부분의 사람들이 먼저 깨달은 것은 국제적 권력 관계의 냉혹한 비리였을 것이며, 우리나라에 결여되어 있는 힘의 가치였을 것이다. 이러한 현실 인식이 문명과 교양의 나라를 향하여 급격히 선회하게 된 이유는 어디에 있을까? 이성적 원리에 따라 사회를 바꿀 수 있다는 믿음을 상실할 때 인간은 교양의 나라로 도피하게 된다. 그 교양이라는 것조차도 완강한 사실을 전체적으로 거머잡으려는 부정의 정신이 아니라 서양의 이것저것을 대충 알아보려는 호기심에 지나지 않는다는 데에 이 소설의 더 큰 결함이 있다. 인용문 A의 열띤 어조는 뜻밖에도 비관주의에 젖어 있다.

인용문 B에서 이상은 힘을 의지와 같은 의미로 사용하였다. A의 인물이 가르치고 인도하겠다고 주장하는 데 반해서, B의 인물은 의지를 가지고 있지 못하다고 고백한다. 주장보다는 고백이 문학적 표현에 적합하겠지만, 주장 자체가 완전히 소멸해버린 것은 그것대로 독자에게 다소 허전한 느낌을 준다. 사람들은 바른 주장과 그릇된 주장을 분별하기에 너무 바빠서 주장할 기회 자체의 축소에는 대개 관심을 두지 않는 듯하다. 인용된 부분에 국한해볼 때, 박약한 의지에 기인하는 '이 노릇'이 어떤 것인지는 분명하지 않다. 그러나 곧 이어서 힘을 일과 비슷한 뜻으로 사용하는 것으로 미루어 이 노릇이 노동하지 않는 상태를 가리키는 것이라고 짐작해볼 수 있다. 여기서 말하는 노동은 자연의 인간화라고 규정될 수 있는 넓은 의미의 노동, 즉 씨 뿌리고 밭을 일구는 행동이 아니다. 자연 또는 원료에 도구 또는 기계를 통하여 스며드는 인간의 땀을 사회적 노동이라고 하거니와 인용문 B의 '일'은 그런 좁은 의미의 노동도 아니다. 고백의 문체로 대략 추측하건대, 이 소설의 주인공이 하고 싶어하는 일은 먹물이 다소 든 사람들이 하는 일. 사회학자들이 화이트칼라라고 부르는 부류의 직업을 가리키는 것 같다. 20세기 전반기의 우리 사회에서 농민이나 노동자가 아니고 지주나 기업가도 아닌 사람들이 택할 수 있는 일자리의 폭은 어느 정도였을까? 잘은 모르지만 교육받은 인구의 희소성을 감안한다 하더라도 봉급생활자로 취업할 수 있는 가능성은 지금보다 매우 적었을 듯하다.

인용문 B의 인물은 의지가 없어서 노동하지 못한다고 고백하고 있지만, 그것은 어쩌면 실직자의 과시 또는 푸념일지도 모른다. 여기서 우리가 주목하지 않을 수 없는 것은 인용문 B가 두 단계의 대립 부분으로 구성되어 있다는 사실이다. 인용문 B는 힘을 의지로 해석하는 부분과 힘을 일로 해석하는 부분의 대립을 드러낸다. 의지라는 정신적 가치로 내면화된 힘은 다시 노동이라는 물질적 가치로 외면화된다. 내면화와 외면화가 대립되고 통일되면서 일종의 변증법적 절차로 결속된다. 노동이란 단순히 땀을 흘리는 데 그치는 행동이 아니라 인간의 정신이 외부로 표현되어 물질에 정신적 가치를 새기는 활동이라는 관점이다. 이렇게 볼 때 인용문 B에 나오는 인물이 노동하지 못하는 것은 일하려는 뜻이 없기 때문이라기보다 자기 뜻에 맞는 일을 찾지 못했기 때문이다. 나의 작업이 거대한 사회적 생산체계의 일부로 융합되고, 다시 유용한 소비의 세계로 흘러들어 인간의 행복에 기여할 수 있다는 믿음은 노동의 근거가 된다. 만일 나의 땀이 차별과 의존의 심화에 도움이 될 뿐이라면, 노동은 진정성을 잃고 허무의 나락으로 굴러가게 마련이다.

이 소설은 노동의 의미가 상실된 시대의 모습을 보여준다. "들창을 열고 뛰어내리고 싶었다"라는 고백은 바로 이러한 시대의 억압적 현실에 대한 거절이고 반항이다. 남의 신음 소리에 귀를 기울이는 삶의 본능이 억압될 때 번창하는 것은 의존심과 적대감을 심화시키는 죽음의 본능뿐이다. 삶의 본능은 사물과 인간을 존중하고 염려하고 이해하는 활동의 근거이며, 죽음의 본능은 그러한 존중과 염려와 이해를 방해하는 세력에 대항하는 활동의 근거이다. 증오와 거절과 반항의 역할은 어디까지나 존중과 염려와 이해를 도와주는 데 있다. 그러나 노동의 의미가 상실된 시대에는 증오와 거절과 반항이 삶의 목적이 된다. 힘있는 사람이란 뜻에 맞는 일을 지닌 사람이고, 힘있는 나라란 뜻에 맞는 일을 지닌 사람들이 많은 나라이다.

2.

미래는 점쟁이나 가지고 놀라고 하고 우리는 현재에 충실하자는 뜻의 말이 『금강경』에 나오는데 요즈음 "삼삼구구양이퇴(三三九九洋夷退)"라는 비결이 다시 떠도는 것을 보면 점쟁이가 다루는 시간도 현재와 무관한 먼 미래가 아니라 현재에 속하는 미래가 될 수도 있는 듯하다. 이 비결의 의미는 광복 후 99년, 즉 2044년에 통일이 된다는 것이니 그 시간은 현재로 들어오고 있는 근접 미래라고 할 수 있다. 현재가 중요하다고 하지만 현재와 구분할 수 없는 미래가 과거라는 기억의 작용에 영향을 준다는 것도 의심할 수 없는 사실이다. 누구도 과거를 마음대로 할 수 없고 저 나름의 방향을 가지고 움직이는 기억을 뜻하는 대로 돌려놓을 수 없다. 근접 미래는 과거의 방향을 아주 미세하게 조정할 수 있을 뿐이다. 그러나 그 미세한 차이가 축적되면 집단적 기억이 방향을 바꾸는 순간이 오기도 한다. 대중의 수량이 정치의 기본 범주로 작동하는 민주화 이후의 시대에 우리의 집단적 기억을 갈피 짓는 근접 미래는 무엇으로 보아야 할까. 나는 그것이 기본소득제라고 생각한다. 이제 '일하지 않으면 먹지 말라'는 말은 '먹지 않으면 일할 수 없다'는 말로 바뀌어야 한다. 소득은 헌법상의 권리가 되어야 한다. 기본소득제의 근거는 인간의 보편적 감정에 있다. 공중변소에서 자고 쓰레기더미에서 먹을 것을 구하는 노인들은 보는 사람의 마음을 고통스럽게한다. 생존하는 것 자체가 저주이고 처벌인 사람들을 죽거나 말거나 내버려두는 것도 한 방법이겠지만 그들에게 기본소득을 주는것이 방임하는 것보다 마음을 편하게 하는 방법이 될 것이다. 아감벤은 짐승(zoe)과 사람(bios)의 접점에 사람의 짐승스러운 나신(裸身)이 있다고 하고 동물적 인간에 근접한 인간적 동물을 호모 사케르의 이미지로 그려내었다.* 그는 정치 공간에 거주하지만 그의 삶에는 아무런 정치적 의미가 없다. 그의 죽음은 가치 없는 개죽음이고 그를 죽이는 자는 어떠한 처벌도 받지 않는다. 2005년 7월에 런던의 지하철역에서 테러 진압 경찰에게 살해된 브라질인 메네즈를예로 들어 아감벤은 우리 모두가 호모 사케르가 될 수 있다고 말한다. 유대인 수용소에서 난민 수용소까지 현대 정치는 호모 사케르를 양산해왔다. 정치 공간에는 두 개의 예외 상태가 있다. 하나는호모 사케르이고 다른 하나는 호모 사케르를 만드는 주권 공간이

---

*아감벤은 1995년부터 2015년까지 아홉 권의 『호모 사케르』 시리즈를 써냈다. 2017년에 스탠포드대학 출판부에서는 아홉 권의 시리즈를 한 권으로 묶은 The Omnibus Homo Sacer를 출간했다. (I. Homo Sacer 2-1. State of Exception 2-2. Stasis 2-3. The Sacrament of Language 2-4. The Kingdom and the Glory 2-5. Opus Dei 3. Remnants of Auschwitz 4-1. The Highest Poverty 4-2. The Use of Bodies)

다. 주권 공간은 모든 책임에서 벗어나 있다. 주권 공간의 거주자들은 폭력을 행사하지만 아무도 그들의 폭력에 대하여 책임을 묻지 못한다. 주권 공간의 폭력을 무력하게 하는 것은 일체의 권위에 대하여 "나는 그렇게 안 하고 싶습니다"라고 응수하는 바틀비의 무위라는 아감벤의 제안에는 받아들이기 어려운 점이 있지만 호모 사케르는 언어와 비언어의 경계에서 살고 있으며 그는 언어를 사용하지만 자신의 고유성을 말하지 못한다는 지적에는 수긍할 만한 점이 적지 않다. 호모 사케르의 특이성은 일상언어의 문법과 어휘로는 전달되지 않기 때문이다. 이들이 스스로 말할 수 있게 되면 예외 상태가 정상 상태로 전환될 것이다.

현대사회에서 호모 사케르의 자기 교육에 적합한 것은 영화와 시이다. 교과서의 언어를 넘어서는 문학과 영화의 언어는 대중 일반에게 호모 사케르의 이미지를 직시하도록 하는 대중의 자기 교육에 기여할 수 있다. 아감벤은 이미지와 의미의 어긋남을 강조하는 영화의 언어, 그리고 의미나 이야기의 흐름과 대립하는 시의 형식이 호모 사케르의 언어에 적합하다고 하였다. 그것들은 부르주아 주체가 내세우는 전체성을 가지고 있지 않으며 동일성의 환상을 비주체화로 부식시킨다. 영화와 문학에서 사용하는 이미지들은 현시와 재현의 경계를 횡단한다. 필름이 여기저기 끊어진 영화의 한 장면과 같은 그 이미지들은 아우라를 전달하지 않는다. 의미와의 본질적인 연관성을 강조하는 부르주아의 언어 이념은 더이상 통하지 않는다. 호모 사케르의 이미지가 머릿속에 들어 있지 않은 사람은 기본소득제를 문제로 제기할 수 없을 것이다.

2013년 여름에 나온 『녹색평론』 131호에는 기본소득제에 대한 좌담이 실려 있다. 기본소득은 똑같이 나누되 성과를 많이 내면 더 많이 가져갈 수 있도록 하자는 제안이 흥미롭다. 2013년의 국민총생산이 1,300조이고 조세와 연금을 포함한 국민 부담율이 25퍼센트이므로 이것을 50퍼센트로 올린 후 그중 반을 기본소득으로 배정할 수 있으며 1,300조의 25퍼센트인 300조를 5천만 명으로 나누면 1인당 1년에 600만원, 한 달에 50만원을 지급할 수 있다는 것이다. 그러나 기본소득제도를 설계하려면 국민경제의 투입산출표와 국가예산표에 대한 정밀한 분석이 선행되어야 할 것이다. 대중을 설득하기 위해서는 이러한 연구의 결과를 매년 총서의 형태로 계속해서 발간하는 작업이 필요하다. 계산이 결여된 정의처럼 국가에 위험한 것은 없기 때문이다.

노르웨이의 경영학자 예르겐 란데르스는 기술이 혁신되더라도 전 세계의 국내총생산이 2050년에 멈추게 된다고 예측했다. 기술 혁신으로 생산 능률이 올라가는데도 국내총생산이 확대되지 않는다면 가용 노동력의 20퍼센트 정도로 시장의 생산 수요를 충당할 수 있게 되기 때문에 실업자가 폭발적으로 증가하게 될 것이다. 세계가 슬럼으로 뒤덮이면 최저임금이 무의미한 단어가 될 것이므로 앞으로 기본소득제가 최저임금제를 대체하는 것은 필연의 과정이다. 그때는 이윤율과 노동생산성의 한계 안에서 기본소득에 충당할 잉여를 어떻게 계산할 것인가 하는 문제가 정치 문제의 핵심이 될 것이다. 그러나 새로운 생활양식이 일반화되지 않은 시기에 우리가 할 수 있는 일은 기본소득 보장의 범위를 조금이라도 더 확대하는 것이다. 이것도 그 좌담에 나오는 이야기이지만 나는 1969년에 닉슨이 의회에 제출했다가 미국 상원에서 부결됐다는 마이너스 소득세 형태의 기본소득제가 현재 우리 사정으로는 가장 실현 가능성이 높다고 생각한다. 기본소득제를 시행하려면 먼저 공무원의 자의를 배제하는 방법을 찾아야 하는데 나는 신우파 경제학의 창시자라고 할 수 있는 밀턴 프리드먼의 네거티브 소득세를 확대하여 적용하는 데서 그 방법을 찾을 수 있다고 생각하기 때문이다. (신우파 경제학이 1960년대에 나와서 일찍이 레이건과 대처라는 추종자를 얻은 데 비하여 신좌파 경제학은 요즈음에야 베르나르 스티글러의『기술과 시간』I·II·III권(1994, 1996, 2001)과 제프리 삭스의『빈곤의 종언』(2005) 등에서 이론체계가 구성되고 있는 중인 듯하다.) 네거티브는 음수의 음(陰)을 가리키므로 마이너스라고 바꿔 쓸 수 있다. 마이너스 소득세라고 하는 것이 네거티브 소득세라고 하는 것보다 이해하기 쉽다. 일정한 기준을 세워 그 이상의 소득자로부터는 플러스 소득세를 걷고 그 이하의 소득자에게는 마이너스 소득세를 걷자는 것이 그의 제안이다. 플러스 소득세는 자료에 근거하여 납세하게 하고 마이너스 소득세는 공무원의 자의성을 배제하기 위하여 일정한 금액이 자동적으로 통장에 들어가게 하자는 것이다. 관료주의의 종언을 확실하게 하려면 예외 없이 무조건 전 국민에게 기본소득을 지급해야 하겠지만 만일 일정 소득자 이하에게 일정한 기본소득을 지급한다 하더라도 모든 징수와 지급을 국세청에서 기계적으로 처리하도록 하면 공무원의 자의성을 배제할 수 있을 것이고 복지 관련 공무원을 없애서 남는 비용을 복지기금으로 전환하면 공공 육아 시설을 대규모로 확충할 수 있을 것이다. 단순한 보조금의 부정수급뿐 아니라 복지 관련 공무원들이 연루된 복지기금의 누수도 막아야 한다. 평생교육 등 교육 관련 업무는 모두 교육부에서 맡도록 하고 보건복지부를 예전의 보건사회부로 축소하여 각종 의료 정책의 시행만 담당하게 하는 것이 공무원의 자의성을 배제하고 복지기금의 불공정한 집행을 방지하는 방법이 될 수 있다. 기계적인 집행은 세무서의 투명성을 높이는 데도 유효하게 작용할 것이다.

임금을 올리고 생산 환경을 개선하는 노동자 운동의 지평이 물가 상승을 막고 생활환경을 개선하는 대중운동의 지평과 융합하는 영역을 먼저 마련하고 그 이후에 투표권과 파업권의 공동선 위에서 호모 사케르를 포함하는 보편적 공동선을 구성하는 방향을 찾아야 한다. 공동선이란 결국 차선이다. 공동선을 실현하기 위하여 최선을 포기하고 차선을 선택하는 결단은 대립과 차이에 대한 인식을 전제한다. 각 분야에서 다수파와 소수파, 주류와 비주류의 대립이 없다면 상호 비판을 통한 투명성이 불가능하게 될 것이고 상호 접속을 통한 지평 융합도 불가능하게 될 것이다. 인식이 감각경험에 근거한다는 것은 불변의 사실이다. 그러나 감각 자체는 분자 수준에서 작용하므로 그것만으로는 인식이 될 수 없다. 인식에는 경험 내용을 다양하게 변경해보는 실험이 필요하다. 내용이 일(一)이라면 실험은 다(多)라고 할 수 있다. 다양한 작용들을 겹쳐서 내용을 다양의 통일로 새롭게 구성하는 것이 보편의 기술(記述)이다. 인간의 몸에는 경험에서 보편으로 초월할 수 있는 기능이 있다. 삼각형을 보는 것은 감각경험이고 피타고라스의 정리를 발견하는 것은 경험에 근거하여 경험을 초월하는 보편 기술이다. 그러나 역사적 체험은 자연 인식보다 복잡하다. 어떤 것은 어떤 성질들을 포섭하고 다른 성질들을 배제함으로써 다른 것과 구별되는 바로 그 어떤 것으로 규정된다. 하나하나의 성질들은 다른 성질들과의 관계에 의해서만 그러한 성질들로 규정되는 것이다. 어떤 것은 어느 것이든 수많은 관계들의 집합을 응집하는 힘이다. 자기 자신에 대한 관계는 현존재의 본성을 구성하고 다른 것들과의 관계는 현존재의 상태를 구성한다. 본성과 상태의 모순이 바로 현존재의 본질이다. 현존재는 모순을 극복하고 상태를 본성에 통합하면서 변화한다. 역사적 현재 안에 이미 주어져 있는 것들은 항상 부적합한 상태에 있다. 우리가 역사적 사실이라고 하는 것들은 그것 자체를 넘어서 아직 실현되지 않은 것에 이르는 과정의 한 계기이다. 주어진 질서가 소멸하고 다른 질서로 변화하는 과정은 어떠한 경우에도 낡은 질서의 자기 쇄신일 뿐이다. 역사적 현재의 객관적 가능성은 현존하는 힘과 현존하지 않는 힘의 대립이 아니라 공존하는 두 적대적 힘들 사이의 대립을 통하여 실현된다. 하나가 둘이 되는 것은 사회의 기본원리이다. 이 둘의 서로 다른 지평이 충돌할 때 나날의 삶 속에 공백이 형성된다. 역사적 실천은 우리 시대의 이 공백에 이름을 지어주는 데서 시작한다. 나는 이 공백의 이름이 기본소득제라고 생각한다. 보편이 피타고라스의 정리에서 보는 것과 같이 명백한 일반성을 가지고 있다면 공백의 이름은 수운의 동학에서 보는 것과 같이 평이한 특수성을 가지고 있다. 다른 단계와 구별되는 현 단계의 고유성과 특이성이 역사적 현실의 이해를 갈피 짓고 있기 때문에 실천은 일반성을 가지고 있지 않다. 언제 어디서나 통하는 역사적 실천이란 얼뜨기 정치가의 몽상에 지나지 않는다.

장자는 음양의 어느 하나가 실하거나 허한 상태를 음양의 엇갈(陰陽錯行)이라고 하였는데 이것은 곧 무협소설에 나오는 주화입마(走火入魔)이다.

사람이 크게 기뻐하면 양으로 치우치게 되며 크게 노하면 음으로 치우치게 된다. 음이나 양으로 치우쳐지면 사철이 제대로 오지 않고 추위와 더위의 조화가 이루어지지 않는다. 음과 양이 어긋나면 사람들의 몸을 상하게 하고 사람들로 하여금 기쁨과 노여움의 도를 잃게 하고 사는 곳이 일정하지 않게 하고 제대로 생각하지 못하게 하고 도에 알맞은 조화를 이루지 못하게 한다.

—『장자』 외편 「재유」

복지기금을 얼마나 확보하고 지급 범위를 어떻게 한정해야 할 것인가를 계산하는 대신에 대한민국의 국회는 구정물 같은 말잔치만 즐기고 있다. 1755년에 낸 영어사전에서 새뮤얼 존슨은 애국심을 "무뢰한의 마지막 도피처"라고 정의하였다. 문제는 계산이다. 국가 예산 가운데 얼마를 어떻게 배정할 것인가를 계산하는 방법이 정치 논쟁의 중심이 되어야 한다. 국가예산표의 세부 항목을 뜯어 읽을 수 있는 국회의원이 몇이나 될까 의심스럽다.

국가는 최종 심급에서 상류사회의 응집인자로 작용할 것이나 중간 심급에서는 상류사회의 이익을 보장하기 위해서라도 이윤율과 복지기금 사이에 균형인자로 개입할 것이다. 대통령 선거에서 각 후보가 국가 예산을 분석하고 복지기금 배정의 기준과 원칙을 제시한다면 선거는 계산의 근거를 해명하는 철학 논쟁이 될 것이다. 각 후보가 최대 기준을 제시하고 대통령이 되어서는 최저 기준을 실행하는 관행은 개념 없는 공약들을 몇 개만 원칙 없이 실행한다면 장기적으로 국가부도를 초래할 것이 분명하므로 계산 능력이 결여된 현재의 정치 수준으로는 부득이 용인할 수밖에 없을 것이다. 상대방보다 낮은 기준을 제시하면 낙선할 터인데도 실현 가능한 기준만 제시하는 후보는 없을 것이니 결국 대통령 선거는 사실이 아니라 신화를 조작하는 전쟁이 되고 마는 것이 우리의 현실이다. 신학자 불트만은 예수까지도 비신화화하겠다고 하는데 이쪽에서는 좌파나 우파나 복지를 신화화하고 있으니 생각하면 여간 딱한 일이 아니다. 국민의 혈세가 어디서 어떻게 새고 있는지, 써야 할 데 안 쓰고 안 써도 될 데 쓰는 사업이 없는지, 중복 지출되는 사업은 없는지, 국가의 예산안 가운데 숨어 있는 비합리와 불합리를 면밀하게 계산하여 수정하는 것이 국회의원의 기본 임무이다. 계산 능력이 없는 한국 국회의원들의 식견으로는 관료와 야합하여 제 지역구에 돈 끌어대는 데 급급하다가 4년을 허비할 것이므로 대통령은 5년 동안 국회를 탓하면서 현재의 법 규정 안에서 수행할 수 있는 방법을 모색해보는 여유를 누릴 수 있게 될 것이다. 계산을 할 줄 아는 스웨덴 국민은 보편성을 상실하고 도당화된 정당들의 담합을 불신하여 1957년에 국민투표를 통하여 복지기본법을 제정하였다.

한국 정치는 특별한 정치가가 잘해서가 아니라 백성들이 음양허실에 따라서 가난할 때는 산업화를 보하고 중화학 공업이 가동된 뒤에는 민주화를 보하여 이만큼 발전한 것이다. 한국 사람들은 누구나 음이 실하면 사(瀉)하고 음이 허하면 보(補)하여 음과 양의 균형을 유지하는 것이 중요하다고 생각한다. 나는 군사독재 시절의 습관에다 인간의 심장은 조금 왼쪽에 있다는 생각에서 민주화 이후에도 선거마다 중도 좌파라고 보이는 정당을 선택했지만 어느 쪽이 여가 되건 내가 얻은 것은 씁쓸한 실망감뿐이었다. 이래저래 나는 늙을수록 무당무파가 되어간다. 광복 직후에 조지훈 선생은 스스로 민주당 좌파라고 하였다. 그 말을 들은 지인이 따져 물었다. "민주당은 우파이고 남로당은 좌파인데 민주당 좌파는 어느 당이냐?" 막걸리를 마시니 민주당이고 앉아서 마시니 좌파라는 것이 선생의 대답이었다. 내가 보기에는 민주당 좌파라는 말에도 음양허실의 의미가 들어 있는 것 같다. 어느 사회건 공장이 있고 노동자가 있는 한 자본-노동 비율을 계산할 수 있고 자본-노동 비율은 현실에서 우파-좌파 비율로 나타난다. 음도 중요하고 양도 중요하다는 음양허실은 이론적으로 좌우동반의 바탕이 되고 현실적으로는 여야동반의 근거가 된다. 나는 그것을 여당과 야당의 동반이 아니라 여야(陰)와 대중(陽)의 동반이라고 생각하고 싶고 대중이 호모 사케르의 이미지를 머릿속에 간직하면서 여야를 포위하여 기본소득제를 실시하게 할 날이 머지않았다고 믿고 싶다.

『 법 의 　 정 신 』에
대 하 여

유럽의 18세기는 신분에 따라 정렬된 사회에서 기능적으로 분화된 사회로 이행하는 전환기였다. 노동하는 사람과 전투하는 사람과 기도하는 사람의 생활양식을 고정된 계급적 제도로 구성하고 운영하는 권력이, 국가와 교회에 의하여 독점되어 있던 단계에서 정치와 종교뿐만 아니라 경제와 과학이 각각 자율적인 체계로 분화되어 작용하는 단계로 이행하면서 자본주의와 관료주의가 정착되기 시작하였고 법과 도덕이 분리되기 시작하였고 시장과 금융이 형성되기 시작하였다. 무엇보다 중요한 현상은 상품과 용역의 등가물로 등장한 화폐가 현실 판단의 척도가 됨으로써 현실을 규제하는 행동의 원리가 성서의 십계명에 근거한 자연법으로부터 인간이 결정하여 제정한 실정법으로 바뀐 것이다. 자연법이 아니라 실정법이 지배의 정당성을 보장하는 조건이 되었다. 시장의 확대와 생산의 발달로 분업이 증가하면서 신분적 질곡이 완화되고 직업의 전문화가 촉진되었다. 경리와 회계에 숙달하지 못한 상인은 시장에서 탈락하였고 손실과 이익을 예측할 수 있는 계산 능력이 결여된 사업가는 파산의 위험을 겪어야 했다. 수학과 물리학이 전문화되면서 동시에 전쟁과 예술이 전문화되었다. 군대는 전문적인 장교들에 의하여 관리되었고 음악은 전문적인 연주자들에 의하여 공연되었다.

　방적기와 직조기가 발명되었고 석탄으로 광석을 녹이는 기계도 발명되었다. 1733년에 존 케이가 베틀 북 기계를 발명하였고 1738년에 존 와이엇과 루이스 폴은 직조 기계의 특허를 취득했다. 제임스 와트는 1761년에 실험을 시작해서 1767년에 성공을 거두고 1768년에 증기기관의 특허를 취득했다. 18세기에 유럽은 본격적으로 기계를 생산에 이용하기 시작하였다.

　1758년에 케네는 『경제표』를 지어 국민생산의 투입 산출을 생산과 재생산, 분배와 재분배의 순환 구조로 설명하고 국민경제를 고유의 규칙과 법칙에 따라 움직이는 체계로 기술하였다. 애덤 스미스는 1776년에 발간한『국부론』에서 스스로 작동하는 시장법칙과 누구의 지휘도 받지 않고 스스로 전개되는 경제법칙을 증명하였다. (『국부론』은 1778년에 독일어로 번역되었다.) 스미스는 각자의 이익을 추구하는 수많은 개인들이 생산하고 교환하는 동안에 미리 계획되지 않은 상호작용을 통해 작용하는 시장의 보이지 않는 손이 경제 질서를 형성한다고 주장하였다. 그러나 18세기의 유럽은 현저하게 농업 중심적인 사회였고 국가가 주도하여 수출을 증대하고 수입을 감소시켜 국가의 금 보유량을 늘리려는 중상주의(중금주의) 사회였다. 하인들은 여전히 물건처럼 거래되었고 바흐나 모차르트 같은 음악가도 귀족들에게는 하인으로 취급되었다.

데글랑 성주가 절 라 블레 기사 분단장에게 주었고, 그는 지나는 길에 몰타에서 전사했어요. 이 라 블레 기사 분단장이 절 그의 맏형인 대위님에게 주었고 대위님도 지금쯤은 장 천공으로 돌아가셨을 겁니다. 대위님은 절 막냇동생인 툴루즈의 차장 검사에게 주었고 가족들은 그가 미치광이가 되자 그를 감금했어요. 이 툴루즈의 차장 검사인 파스칼 씨가 절 투르빌 백작에게 주었고 그는 자신의 목숨을 걸기보다는 카푸친 수도회 옷을 입고 수염을 기르는 편을 더 좋아했어요. 이 투르빌 백작이 절 벨루아 후작 부인에게 주었고 그녀는 외국인과 런던으로 도망갔어요. 이 후작 부인이 절 그녀의 조카에게 주었고 그도 여자 때문에 파산해서 섬으로 갔어요. 이 조카가 절 고리대금업자인 에리상 씨에게 추천했는데 그는 소르본 박사인 뤼제 씨의 돈을 돌리며 관리하던 사람이었어요. 이 뤼제 씨가 나리께서 생활비를 대주던 이슬랭 양 집으로 절 보냈고 이슬랭 양이 절 나리께 보낸 거죠. *

18세기의 유럽에서 대부분의 사람들은 전혀 교육을 받지 못하였다. 귀족이 아닌 경우에는 비교적 운이 좋은 아이들도 10살이나 11살이 되면 공부를 그만두어야 했다. 교육 내용은 읽기와 쓰기와 세기였는데 산수는 교사에게 너무 어렵다는 이유로 흔히 제외되고 그 대신에 종교 과목이 들어갔다. 부자들만이 가정교사를 고용하여 자녀를 교육할 수 있었다. 프로이센에서는 프리드리히 2세가 1763년에 5세에서 14세에 이르는 아이들의 마을 학교 취학을 의무화하고 그 재정적 책임을 지주와 소작인에게 부과하는 일반 학교 규정을 반포하였다. "오늘날 알려진 통계를 근거로 판단할 때

---

* 디드로, 『운명론자 자크와 그의 주인』, 김희영 옮김, 민음사, 2013, 242~243쪽.

1770년경에는 6세 이상 국민의 약 15퍼센트 정도가 잠재적 독자였다고 추산할 수 있다."* 그러나 18세기에는 아직 교과서도 없었고 교육 내용은 학생들에게 교리서를 읽을 수 있게 하고 찬송가를 부를 수 있게 하는 정도에 그쳤다. 1762년에 나온 루소의 『에밀』은 18세기의 교육 현실을 비판하고 최선의 교육환경을 구상해본 교육소설이다. 루소는 아이를 작은 어른으로 보지 않고 아이를 아이 그 자체로 보고 아이의 고유성을 존중하는 교육을 제안하였다.

2살 이전의 아이는 짐승과 다름없다. 그에게는 먹고 걷고 말하는 무의식적 모방 이외에 다른 교육이 필요하지 않다. 2세에서 12세까지의 아동은 오직 신체의 필요를 따르는 미개인의 수준에 있다. 그에게는 거리를 재고 식물을 그리는 것과 같이 신체기관을 통하여 사고하는 방법을 가르쳐야 한다. 책이 아니라 놀이를 통하여 이미지와 단순 관념을 배우는 것은 신체감각의 작용을 이해하는 실험물리학 공부라고 할 수 있다. 12세에서 15세에 이르는 소년은 유용성을 추구한다. 그는 로빈슨 크루소와 같이 자기 보존 본능에 근거하여 옷과 밥과 집을 자급자족하는 체력과 지력을 훈련해야 한

---

* 지크프리트 슈미트, 『구성주의 문학체계이론』, 박여성 옮김, 책세상, 2004, 455쪽.

다. 주변 환경을 주의 깊게 관찰하게 하고 옷을 만들고 집을 짓는 지식을 소년 자신이 스스로 발견하게 해야 한다. 생활환경에 대해 호기심을 가지고 있는 소년은 도면을 그리고 대패와 줄을 다루는 방법을 저절로 알게 된다. 그는 자신의 힘으로 땅을 일구는 농부의 자유를 체험하며 사회에서 벗어나 자신의 힘으로 자연에서 기하학을 발견하는 목공의 지식을 습득한다. 그는 경험들을 비교하여 경험들의 관계에서 나오는 복합 관념을 파악하게 되며 미래를 현재와 연관지어 이해하게 된다. 본성을 실현시키려면 인간은 노동을 해야 한다. 노동은 자연의 필연성을 인식하게 한다. 너무 일찍 도덕을 가르치는 것은 아이를 거짓말쟁이로 만들기 쉽다. 그러나 악덕의 오류로부터 정신을 보호하는 소극적 교육은 필요하다. 행복은 욕망과 능력의 균형에 기인하고 불행은 욕망과 능력의 불균형에 기인한다. 지나친 욕망은 인간을 사악하게 만든다. 소년은 욕망의 절제를 배워야 한다. 원하는 것을 다 들어주면 소년은 욕망을 절제하지 못하게 된다. 소년은 제 능력으로 욕망을 충족시키는 방법을 배워야 한다. 체벌도 가능한 것과 불가능한 것을 구별하게 하는데 도움이 된다. 유리창을 깨뜨리면 춥게 자는 고통을 겪게 할 필요가 있다. 15세에서 25세에 이르는 청년은 덕과 양심에 따라 행동하며 미와 선을 추구한다. 청년은 어떠한 상황에도 적응할 수 있는 능력을 훈련해야 하고 어떠한 상황에 처해도 자신의 의무를 다하며 주인으로 행동할 수 있는 방법을 스스로 터득해야 한다. 청년은 자연인과 사회인을 하나로 통합한 인간이 되어야 한다. 자연인이 개인이라면 사회인은 사회 분의 개인(개인/사회)이다. 분자인 개인은 언제나 분모인 사회를 의식하고 행동해야 한다. 그는 의무감과 책임감을 가진 도덕적 인간이 되어야 하며 이익들 사이의 충돌을 조절하여 공동선을 실현하는 이성적 인간이 되어야 한다. 그는 이성과 정념을 조화시키고 지성인과 감성인을 통합하는 성숙한 인간으로서 성적 충동에 형식을 부여하는 지혜를 터득해야 한다. 다만 여자의 교육은 아내 되기와 어머니 되기로 목적을 한정해야 한다고 루소는 보았다. 아내와 어머니로서 인류에 공헌하는 것이 여자가 선택할 수 있는 최선의 삶이기 때문이다. 청년은 농부처럼 노동하고 철학자처럼 사색해야 한다. 그는 타인의 편견이나 평판이나 권위가 자신의 경험을 좌우하지 않도록 자기 눈으로 보고 자기 마음으로 느끼고 자기 머리로 생각해야 하며 좋은 사람과 나쁜 사람을 구별할 줄 알아야 한다. 남을 해치는 사람은 나쁜 사람이고 남을 해치지 않는 사람은 좋은 사람이다. 루소는 좋은 사람의 보편적 자기애와 나쁜 사람의 독단적 이기심을 구별하였다.

교육에 관한 한 칸트는 루소의 제자이고 페스탈로치는 칸트의 제자이다. 칸트에 의하면 아동으로 하여금 자신의 삶을 규율하는 법칙을 자신의 내부에서 찾을 수 있도록 하는 데 교육의 목적이 있다. 내적 법칙으로 전환될 수 있다면 외적 제약도 자유에 방해가 되지 않는다. 칸트에게 교육은 행위 준칙을 내면화하여 도덕적 존재가 되는 과정이다. 교육의 궁극적 정당성은 인류의 공동선을 증진시키는 데 있고 인간은 자기 결정 능력을 가지고 있으므로 모든 교육은 결국 자기 교육이다. 페스탈로치는 부랑아 20명을 모아서 여름에는 농사를 짓게 하고 겨울에는 옷감을 짜게 하면서 틈틈이 읽기와 쓰기와 세기를 가르치려고 시도하다가 실패하였으나 1781년에 자신의 의도를 『린하르트와 게르트루트』라는 교육소설로 발표하였다. 소설에 나오는 어머니는 아이들에게 물, 불, 공기, 연기 등을 자세히 관찰하게 하여 자연을 알게 하고 발걸음을 세게 하여 산수를 가르친다. 아이들은 읽기 전에 소리를 내고 쓰기 전에 줄을 그으므로 교육은 마땅히 직관에 근거한 실물 교육이 되어야 하고 행동에 근거한 노작 교육이 되어야 한다는 것이 이 소설의 주제였다. 50세가 되는 1796년에 페스탈로치는 스위스 정부의 지원을 받아 50명의 아이들을 모아 가르칠 수 있게 되었다. 페스탈로치는 항상 아동 자신의 경험과 필요와 욕망을 교육의 중심에 두고 막연한 감각 인상에서 출발하여 개별적인 사물의 수와 모양과 이름을 통하여 관념 표상을 명확하게 한정하는 개념 지식에 이르는 교육의 단계를 설정하였다. 루소는 "가난한 사람에게는 교육이 필요하지 않다. 그들은 생활에서 배운다"* 라고 했으나 페스탈로치는 교육을 부자에 한정하려는 모든 주장에 대하여 반대하였다.

뉴턴이 천상이나 지상이나 물체들 사이에는 거리의 제곱에 반비례하는 힘이 작용하고 있다는 것을 증명한 이래 18세기 사람들은 하늘을 지상으로 끌어내렸다. 하늘과 땅 사이에는 더이상 차이가 있을 수 없었다. 만약 저승이 있다면 그것은 이승과 본질적으로 다르지 않을 것이다. 신이 현세에는 우리에게서 행복을 박탈하고 내세에만 우리에게 행복을 주는 장난을 칠 리 없다. 자연에 규칙이 있듯이 사회에도 규칙이 있다. 우리는 자연에서와 마찬가지로 사회에서도 사물의 본성에서 유래하는 필연적인 관계를 발견할 수 있다. 아무리 변덕스러워 보일지라도 법은 일정한 관계들을 전제로 한다. 물질이 존재하면 물질의 본성에 기인하는 물질의 법칙이 존재한다. 동물이 존재하면 동물의 본성에 기인하는 동물의 법칙이

---

* 윌리암 보이드, 『루소의 교육이론』, 김안중 옮김, 교육과학사, 2013, 269쪽.

존재한다. 국민이 존재하면 국민의 본성에 기인하는 국민의 법이 존재한다. 국민의 법은 국가의 크기, 지형의 성질, 지질의 구조, 지표의 산물, 기후의 변화, 생활의 유형, 재산의 상태, 국민의 풍속 등과 관련되어 있으므로 나라마다 시대마다 서로 다른 법이 있을 수밖에 없다. 그러나 어떠한 경우에도 법은 자의적이지 않고 합리적이다. 18세기에 법은 도덕으로부터 분리되어 국가권력의 정당성을 보장하는 논리체계로 전문화되었다. 나라와 시대를 초월하는 자연법이 국가가 결정하고 제정하는 실정법으로 대체되었다. 18세기에 법의 제정과 운용은 국가의 업무가 되었다. 합법과 불법을 구별하는 척도가 국가의 업무에 속하게 됨으로써 자연법의 필연적 보편성을 포기한 실정법의 특수성에는 우발성의 위험이 내재할 수밖에 없게 되었다.

몽테스키외는 당시에 알려져 있었던 모든 사료를 섭렵하였다. 문서고에 들어가서 그는 잔다란 자료들의 실타래에 휘말려 여러 차례 방황하면서도 끝내는 실마리를 다시 찾아내어, 1748년에 법적·정치적 세계의 인류학을 완성하였다. 모든 시대, 모든 장소에서 사례들을 수집하였던 16세기의 몽테뉴처럼 18세기의 몽테스키외는 그때까지 살았던 지구 위의 모든 사람의 역사 전체를 자기의 연구 대상으로 삼았다. 그는 관념과 기원에 대한 논의를 극력 회피하고 이 세계에 존재했고, 존재하는 수많은 법과 풍속들과 관습들, 다시 말하면 법적·정치적 사실들만을 추구하였다. 그러나 어떤 의미에서도 몽테스키외는 단순한 사료 편찬자가 아니었다. 그는 사실들을 수집하고 분류하는 데 머물지 않고 사실들 사이의 관계를 규정하는 규칙을 구성하려고 노력하였다. 그는 세계의 법들을 검토하여 변화하는 법들에 내재하는 정신─변화하지 않는 관계 규칙을 발견하려고 시도했던 것이다. 그러므로 『법의 정신』에서 정신이란 말은 관념이나 의식을 가리키는 것이 아니라 법적 사실들의 필연적인 관계를 가리키는 것이다(헤겔의 『정신현상학』에서도 정신이란 낱말은 마음이 아니라 문화를 의미한다). 필연적 관계는 미리 주어져 있는 원칙을 전제하지 않고 사실들과 사실들의 효과를 비교하고 결합시킴으로써, 시행착오를 통해 사실들 자체에서 도출되는 관계이다. 이 관계는 법의 제정과 법의 개폐, 법의 준수와 법으로부터의 일탈을 포함한다. 『법의 정신』은 어떻게 보면 질서의 사례보다는 벗어남의 사례를 더 많이 다루고 있다.

『법의 정신』은 정치체의 유형(1~13편), 기후(14~17편), 토질(18편), 풍속(19편), 상업(20, 21편), 화폐(22편), 인구(23편), 종교(24, 25편),

법 제정의 방법(26, 29편), 로마법의 역사(27편), 봉건법의 역사(28, 30, 31편) 등으로 구성되어 있다. 몽테스키외는 종교조차도 정치를 규제하는 법의 시각에서 다루었다. 정치체의 유형을 서술하는 제1부와 제2부에서도 교육·토지·재산·재판·형벌·사치·여성·전쟁 등에 관한 내용(4~7편)이 들어 있다. 『법의 정신』의 제1부와 제2부 즉 1편에서 13편까지를 분석하면서 알튀세르는 몽테스키외의 서술 방법에서 보편적 설명의 실증적 원리를 찾아내었다. "몽테스키외는 역사를 하나의 목적에 귀속시키지 않고, 다시 말하면 역사의 사건에 인간의 의식과 희망을 투사하지 않고 역사를 생각한, 마르크스 이전의 첫번째 사람이었을지 모른다." * 알튀세르에 의하면 몽테스키외가 말하는 덕(virtue)은 윤리적 덕도 아니고 종교적 덕도 아니다. 그것은 정치적인 덕이다. 정치적 악덕이 반드시 윤리적 악덕이 아니며 윤리적 악덕이 반드시 정치적 악덕이 아님을 몽테스키외는 명백하게 이해하고 있었다는 것이다. 『법의 정신』은 법에 대한 풍속의 우위라는 시각을 처음부터 끝까지 견지하고 있다. 법의 정신은 풍속에 뿌리를 내리고 있다. 풍속은 법의 현실적 기초

---

* Louis Altusser, *Montesquieu, Rousseau, Marx*(Tr. Ben Brewster, London: Verso, 1982), 50쪽. 이 번역본의 몽테스키외 부분은 1959년에 나온 Montesquieu, *Paris: Presse Universitaires de France*를 대본으로 하였다. 이하 이 책의 인용은 저자명과 쪽수만 기록함.

이고, 한마디로 법의 토대이기 때문에 풍속을 바꾸는 것은 법을 바꾸는 것보다 어렵다. 법을 바라보는 정치학적 시각은 풍속을 바라보는 인류학적 시각에 의하여 둘러싸여 있었다.

몽테스키외는 정치체제를 공화정치와 군주정치와 전제정치로 나누었다. 공화정치에는 민주정치와 귀족정치가 있는데 몽테스키외는 귀족정치를 민주정치와 군주정치의 불안정한 혼합물로 보고 중요하게 여기지 않았다. 공화정치란 지나간 희랍·로마 시대의 정치체제이다. 그것은 작은 나라에서만 시행할 수 있고 소박하고 검소한 덕이 국민의 풍속으로 일반화되어 있는 사회에서만 존립할 수 있다. 몽테스키외는 자기의 시대를 사치와 상업의 시대, 공화정치가 불가능할 정도로 나라가 커져 있는 시대로 파악했다. 민주 국가에서 시민들은 자기들을 지배하는 법을 제정하는 권리를 지니고 있다. 그들의 자기 권력에 예속된 주인이다. 그러나 알튀세르는 몽테스키외의 민주정치가 명사들의 정치라는 점에 주목한다. 몽테스키외는 하층민(bas-peuple)의 권력을 혐오하였다. 하층민에게는 이성이 결여되어 있다. 하층민을 하층민답게 하는 것은 이성이 아니라 격정이다. 격정이 어떻게 판단하고 예견하고 계획할 수 있겠는가? 그러나 그들은 전쟁중에 장군을, 잔치중에 부자를, 재판중에

판사를 관찰하여 업적을 식별하는 능력을 지니고 있다. 몽테스키외는 차등투표와 공개투표를 민주정치의 지혜라고 일컬었다. 군주정치는 안정된 국가 구성법(기본법 = 헌법)에 의해 한 사람의 군주가 다스리는 정치체제다. 왕은 왕위에 오르면서 저도 모르게 수용한 국가 구성법에 근거하여 왕의 권력을 획득한다. 왕의 권력은 오래된 법들의 효과이다. 그러나 왕과 대중을 매개하는 귀족이 없으면 왕은 권력의 안정을 도모하지 못한다. 몽테스키외는 "군주가 없으면 귀족도 없고, 귀족이 없으면 군주도 없다(*No monarch, no nobility, no nobility, no monarch*)"*고 단언했다. 귀족의 신분은 군주국가에 반드시 필요한 중간 권력을 마련해준다. 산속의 샘물은 물길을 따라 흘러내려 푸른 대지를 적셔준다. 흐르지 않는 샘은 말라버린다. 군주는 샘과 같고 귀족은 물길과 같다. 대부분의 귀족에게는 지혜도 없고 덕도 없지만, 그들은 천한 신분이 아니라는 데서 기인하는 명예를 타고난다. 군주국가에서 명예는 획득되는 것이 아니라 타고나는 것이다. 왕조차도 귀족들의 타고난 명예를 함부로 모욕하지 못한다.

---

* Montesquieu, *The Spirit of the Laws*(Tr. Anne M. Cohler et al., Cambridge : Cambridge University Press, 1989), 18쪽. 이하 이 책의 인용은 저자명과 쪽수만 기록함.

전제정치는 국가 구성법이 없는 정치체제이다. 전제국가에서는 모든 신민이 아무것도 아니라는 점에서 극단적으로 평등하다. 전제국가에는 귀족이 없다. 폭군은 세월이 명예롭게 한 가문의 지속을 참아내지 못하기 때문이다. 폭군은 공허한 획일성, 불확실한 미래, 버려진 토지, 한마디로 해서 사막을 지배할 뿐이다. 폭군은 자기가 제국을 지배하고 있다고 생각할 터이지만, 그는 사막을 지배하고 있는 것이다. "우리의 역사는 내란으로 가득차 있으나 혁명이 없고, 전제국가의 역사는 혁명으로 가득차 있으나 내란이 없다."* 알튀세르는 몽테스키외의 전제정치를 역사에 존재하는 페르시아가 아니라 루이 14세의 절대군주 정치체제와 연관지어 해석한다. 『법의 정신』에 그려진 전제국가는 파스칼과 라신이 살던 루이 14세 시대의 익살스러운 희화라는 것이다. "농민의 빈곤, 전쟁의 공포, 궁중 세도가들의 음모와 횡령, 이것들이 고발의 주제이다."** 루이 15세 때에 나온 두 권의 명저는 루이 14세의 정책에 반대하였다는 점에서 일치하고 있다. 몽테스키외의 『법의 정신』은 귀족의 관점에서 루이 14세의 절대권력에 반대하였고 케네의 『경제표』는 지주

---

* Montesquieu, 57쪽.
** Altusser, 83쪽.

의 관점에서 루이 14세의 중상주의에 반대하였다. "전제정치를 비난하면서, 몽테스키외는 절대군주정치에 반대하고 자유 일반을 방어하지 않고, 봉건 계급의 특수한 자유, 귀족 계급의 개인적 안전, 그 계급의 항구적 존속을 보장하는 조건, 새로운 권력기관 안에서 그 계급이 역사에 의해 박탈된 자리로 돌아가는 명분을 옹호하고 있다."* 군주정치에서는 귀족 계급이란 중간 권력의 매개 기능에 의하여 어떠한 문제도 적당한 수준에서 해결되지만, 종속적 중간 권력을 제거해버린 전제정치에서는 인민 대중이 문제를 갈 데까지 밀고 나가기 쉽기 때문에 귀족의 신분을 보장하는 것이 실제로는 군주의 안전을 위해 필요한 장치이다. 아무런 구조도 없는 전제정치체제가 도대체 어떻게 하층민의 격정을 통제할 수 있겠는가? "종속적 중간 권력은 인민이 지나치게 유리한 지위를 차지하기를 원하지 않는다."** 요컨대, 인민의 항거를 방어하고 왕관과 생명을 지키려면 귀족이란 성벽이 필요하다는 것이다.

이미 두루 알려져 있는 사실이지만, 삼권분립 또는 권력 균형의 주제가 『법의 정신』 어디에서도 찾을 수 없는, 역사적 환상임을 알

---

* Altusser, 83쪽.
** Montesquieu, 57쪽.

튀세르는 다시 한번 강조한다. 왕은 거부권을 갖고 있으므로 입법에 관여하며, 의회는 법이 어떻게 집행되는지를 조사할 권리를 갖고 있으므로 행정에 관여하며, 법원이 아니라 상원이 귀족을 재판하므로 의회는 사법에도 관여한다. 몽테스키외의 주제는 삼권의 분립이 아니라 삼권의 배분과 결합과 관련이 있었다. 순전히 정치적인 의미에서 살펴본다면 "세 가지 권력 가운데서 사법권은 어떤 의미에서 무(null)이다."* 몽테스키외가 『법의 정신』에서 중요하게 다룬 것은 권력의 분립이 아니라, 왕과 귀족과 부르주아지 사이의 관계였던 것이다. 몽테스키외는 권력의 분립이 아니라 세력의 결합을 논술했다는 것이 알튀세르의 분석이다. 그리고 알튀세르는 몽테스키외의 시대에 부르주아지는 봉건국가의 구조와 한계 내에서 국가 장치가 제공하는 봉건적 질서 이외에는 어떠한 경제적·개인적 지평도 지니고 있지 않았다고 첨언한다. 상업과 메뉴팩처는 국가 장치의 이익과 요구에 종속되어 있었다. 메뉴팩처는 궁정에 사치품을 공급하고 군대에 무기를 공급하고, 왕실 간의 통상을 담당하였다. "부자가 되자마자 상인은, 아주 드문 예외를 제외하면, 수익을 사적 생산에 투자하지 않고, 작위를 얻기 위하여, 그리고 귀

---

* Montesquieu, 160쪽.

족의 신분에 들어서기 위하여 사들이는 토지에 투자하거나, 수익을 일종의 지대로 즐기기 위해 사들이는 관직에 투자하거나 큰 이윤을 보장하는 국채에 투자한다."* 몽테스키외가 하원에 배속시킨 세력은 이러한 부르주아지였다. 몽테스키외는 한 번도 농민과 장색과 소매상인과 영세 수공업자에 대하여 본격적으로 기술하지 않았다. 하원은 귀족에게 대항하기는커녕 봉건 사회의 질서 속에서 자신의 자리를 찾고 있던 부르주아지에게 할당된 몫이었던 것이다. 몽테스키외는 "그대 영주와 그대의 농노 사이에는 신 이외에 다른 재판관이 존재하지 않는다"는 데퐁텐의 말을 인용하였다.** 그는 인민 속에서 역사적인 악행의 상징만을 발견하며, 지성을 마비시키고 개인들을 우매하게 할 뿐인, 비합리적 공포를 발견하였다. "정부는 집행되어야만 한다. 그 활동은 너무 빨라도 너무 늦어도 안 된다. 그런데 인민은 언제나 너무 많이 행동하거나 너무 적게 행동한다. 그들은 때로는 10만의 팔로 모든 것을 뒤집어엎기도 하지만 또 때로는 10만의 발로도 겨우 벌레처럼밖에 나아가지 못한다."* "대표자의 큰 이점은 그들이 정무에 대하여 토론하는 능력

---

*Altusser, 100쪽.
**Montesquieu, 581쪽.

을 가지고 있다는 것이다. 인민은 전혀 토론에 합당하지 않다. 바로 그러한 사실이 민주정치체제의 큰 결함 중 하나이다."** 흑인에 대한 몽테스키외의 견해는 우리에게 그의 계몽주의를 전적으로 의심하도록 한다.

매우 현명하신 존재인 신이 사람을, 특히 선량한 사람을 새까만 육체로 만드셨다고는 생각할 수 없다. 인류의 본질을 이루고 있는 것이 빛깔이라고 생각하는 것은 지극히 자연스러운 일이다. 그래서 환관을 만드는 아시아의 여러 민족은 흑인이 우리와 더불어 가지고 있는 공통점을 도려낸다. 흑인이 상식을 가지고 있지 않다는 하나의 증거는 문명 국민에게 그처럼 중요하게 여겨지는 금목걸이보다 유리 목걸이를 더 소중하게 다루는 것이다. 그러한 자들을 인간이라고 상상하기란 불가능하다. 만일 우리가 그들을 인간으로 여긴다면, 사람들은 우리를 기독교도가 아니라고 생각할 것이니 말이다.***

---

* Montesquieu, 12쪽.
** Montesquieu, 159쪽.
*** Montesquieu, 250쪽.

이제 우리는 알튀세르를 떠나서 『법의 정신』에 그려져 있는 사회의 구성원리를 추출해보고자 한다. 봉건 사회의 농민 보유지는 자유민(양민)의 사유지와 소작지, 그리고 농노(반자유민)의 보유지로 구분되어 있었고, 농노의 부역으로 경작되는 영주(지주)의 직영지가 농민 보유지의 25퍼센트 정도를 차지하고 있었다. 봉건 사회는 자영 농민화의 과정과 예속 농민화의 과정이 대립하고 충돌하면서 전개되었다. 14세기 이후 물납제가 금납제로 전환하면서 영주는 직영지를 농민에게 대여하여 지대를 수취하려 하였는데, 소작제 또한 경제적 계약과 경제외적 강제가 서로 대립하고 충돌하면서 확대되었다. 8~9세기의 샤를마뉴 시대에 이미 "자유인은 그의 자유 사유지에 대해서 공납해야 했고, 네 집에 한 집 비율로 군역에 봉사했으며, 그렇지 않으면 자기 대신 의무를 수행할 사람을 내세워야 했다."* 봉건사회에서는 "봉토를 받은 사람들이 가장 큰 혜택을 향유하고 있었다. 그들은 거기에서 모든 열매와 이득을 얻었다."**

* Montesquieu, 707쪽.
** Montesquieu, 652쪽.

군주 정체에서 정해져 있는 신분·출신·위계의 차이는 재산의 성질에도 차이를 형성한다. 국가 구성법은 그러한 차이의 종류를 증대시킨다. 우리에게 재산이란 타고난 재산, 획득한 재산, 수익권이 남편에게 속하는 지참 재산, 수익권이 아내에게 속하는 지참 재산, 아버지에게 받은 재산, 어머니에게 받은 재산, 여러 가지 개인 부동산, 자유로 처분할 수 있는 재산, 상속은 받았으나 처분할 수 없는 재산, 세습할 수 있는 재산, 조세 없는 자유지, 정기 수익을 얻는 임대 토지, 토지에서 얻는 곡물 지대, 토지에서 얻는 화폐 지대 등이다. 각종의 재산은 특별한 규정하에 놓여 있다. 그것을 처분하려면 그러한 규정을 지켜야 한다. 그것은 결코 간단하지 않다.*

곡물 지대와 화폐 지대라는 말에서 소작제가 관행으로 정착되어 있음을 짐작할 수 있으나, 『법의 정신』에는 지대에 대하여 언급한 것이 거의 없다. "이익과 손해의 분담만이 일할 운명에 있는 자와 즐길 운명에 있는 자를 조정할 수 있다"**라는 문장에서 이익과 손

* Montesquieu, 652쪽.
** Montesquieu, 215쪽.

해의 분담이 지대를 가리키는 것이라고 짐작할 수 있을 뿐이다. 몽테스키외는 지대를 지주의 자의에 맡겼다. "왕과 승려와 영주는 자기 영주의 농노에게서 규칙적인 세를 거둬들였다. 이런 조세를 켄수스(census)라고 불렀다. 이것은 경제적인 조세였지 재정적인 조세가 아니었다. 그것은 전적으로 사적인 지대였고, 공적인 부담이 아니었다."* 관행이야 비슷했겠으나, 우리의 경우에는 그래도 국가가 병작반수(竝作半收)를 금지하려는 시도를 조선 왕조 전반기 내내 계속해왔었다. 몽테스키외는 지대를 지주에게 결정하도록 맡겨놓고, 주로 조세에 대하여 설명하였다. "국가는 부유해지기 위해서 신민을 가난의 구렁텅이로 몰아넣을 것인가, 아니면 신민을 안락하게 하여 그들이 국가를 부유하게 해주도록 기다릴 것인가?"** 정약용처럼 몽테스키외도 불공평한 조세와 징세 청부인(서리·아전)의 농간을 크게 염려하였다. "두 가지 불공평이 있다. 인간의 불공평과 사물의 불공평이다. 일반적으로 과세가 극단적으로 지나치지 않다면, 인민의 필요를 위해 풍족함이 남겨져 있다면 특정한 불공평은 문제가 되지 않는다. 그러나 반대로 인민에게 엄격하게 살기

* Montesquieu, 637쪽.
** Montesquieu, 217쪽.

에 필요한 것만을 남겨준다면, 비록 사소한 불균형이라 하더라도 아주 중대한 결과를 자아낼 것이다."* 몽테스키외에 의하면 당시의 "인민은 지불의 필요—지불하지 않으면 강제로 징수당한다—와 지불의 위험—지불하면 증세당할 우려가 있다—사이에서 절망에 빠져 있다"**. 몽테스키외는 인민이 줄 수 있는 것과 인민이 언제나 줄 수 있는 것과 인민이 꼭 주어야 할 것을 과세의 척도로 제시하고 앞에 있는 것보다는 뒤에 있는 것이 공정한 척도라고 보았다.

국가의 수입을 올바르게 정하려면 국가의 필요와 시민의 필요를 고려해야 한다. 인민에게 현실적으로 필요한 것을 국가의 상상적인 필요 때문에 빼앗아서는 안 된다. 상상적인 필요란 통치자의 정념과 약점, 즉 터무니없는 계획의 매력, 허무맹랑한 영광에 대한 병적 욕망, 엉뚱한 환상에 직면한 통치자들의 정신적 무력성이 추구하는 것들이다. 군주 아래서 행정을 맡아보는, 불안한 정신의 소유자들은 흔히 자기들의 하찮은 영혼이 필요하다고 생각한 것을 국가의 필요라고 착각한다. 신민으로부터 빼앗을 몫

---

* Montesquieu, 106쪽.
** Montesquieu, 225쪽.

과 신민에게 남겨놓을 몫을 결정하는 것만큼 예지와 신중히 규제
해야 할 것은 없다.*

몽테스키외는 징세 청부인의 해악을 지적하고 조세의 국가 관리
를 주장하였다. "가장 불행한 국가는 군주가 그 항구와 여러 도시
를 징세 청부인에게 맡기는 나라이다. 여러 군주국가의 역사는 징
세 청부인들에 의해서 저질러진 해악으로 가득차 있다."** "국가
가 직접 관리하면 군주는 온갖 방법으로 국가를 빈곤하게 하는 징
세 청부인들의 거대한 이익을 방지할 수 있다. 국가가 관리하면, 군
주는 자기를 괴롭히는 벼락부자들의 꼴을 인민에게 보이지 않아도
된다."*** 요즈음의 우리들과 마찬가지로 몽테스키외도 자기의 시
대를 "항해술이 아주 완벽한 시대, 기술이 서로 통하게 된 시대, 기
술에 의해서 자연의 결함과 기술 그 자체의 결함이 고쳐지는 시
대"****라고 자랑하였다. 그러나 기술에 대한 그의 이해는 박지원
보다도 유치하였다. 이것은 그의 한계가 아니라 그의 시대의 한계

---

* Montesquieu, 213쪽.
** Montesquieu, 227쪽.
*** Montesquieu, 226쪽.
**** Montesquieu, 361쪽.

164

였을 것이다.

기술을 단순하게 하는 데 목적이 있는 기계들이 언제나 유익한 것은 아니다. 만일 제품의 가격이 높지도 않고 낮지도 않아서(*a medium price*) 그것을 사는 자와 그것을 만든 직공에게 다 적절하다면, 그것의 제조를 단순하게 하는, 다시 말해서 직공의 수를 줄이게 하는 기계는 해로울 것이다. 만일 물방아가 오늘날처럼 도처에 세워져 있지 아니하다면 나는 물방아가 사람들이 말하는 것처럼 유익하다고 생각하지 않을 것이다. 왜냐하면 물방아는 무수한 사람의 손을 쉬게 하고, 많은 사람으로부터 물의 이용을 빼앗고 많은 토지의 비옥성을 잃게 했을 것이기 때문이다.*

그는 화폐의 용도와 기술의 중요성을 이해하고 있었으나, 그의 이해는 어디까지나 중농주의의 한계 안에 갇혀 있었다. "토지의 경작은 화폐의 사용을 필요로 한다. 경작은 다양한 기술과 지식을 전제로 한다. 우리는 기술과 지식과 욕구가 보조를 맞추어 진행함을

---

*Montesquieu, 436쪽.

항상 목격한다. 이 모든 것이 가치 표시의 설정에 이르는 것이다."*
몽테스키외는 화폐의 용도에 대해서는 언급하였으나 화폐 수량과
유통 속도의 변화나 화폐와 상품의 상호작용에 대해서는 언급하지
아니하였고, 무역을 농업에 종속되는 활동으로 간주하기도 하였
다. "국민의 근면, 주민의 수, 토지의 경작에 의하지 않는 우연한 세
(accidental tax)는 좋지 못한 부이다. 그런 점에서 본다면, 카디스
의 세관에서 다액의 관세를 얻고 있는 스페인의 왕은 가난한 국가
속에 사는 부유한 개인에 불과하다. 모든 것은 외국인으로부터 그
의 손으로 넘어가며, 그의 신민과는 거의 아무런 관계도 없다."**
18세기의 홍대용은 양반도 상업에 종사해야 한다고 주장하였는데
몽테스키외는 귀족의 명예를 위하여 그러한 견해에 극력 반대하였
다. "몇몇 국가에서 행해지는 것에 영향을 받아, 프랑스에서도 사
람들은 귀족에게 상업을 영위하게 하는 법이 필요하다고 생각하고
있다. 그와 같은 법은 상업을 위하여 아무런 이익도 안 되며, 이 나
라의 귀족을 멸망시키는 방법이 될 뿐이다."***

---

*Montesquieu, 292쪽.
**Montesquieu, 396쪽.
***Montesquieu, 350쪽.

이상에서 살펴본 봉건사회의 생산 능률 지수를 우리는 다음과 같이 측정할 수 있다.

$$\text{봉건사회의 생산 능률 지수} = \frac{\text{토지} \times \text{기술}}{\text{지대} \times \text{조세}}$$

서로 다른 두 기간을 비교하여, 경작 면적이 증대되거나 경작 기술이 증진되면 생산 능률 지수는 올라간다. 그러나 지대가 상승되거나 조세가 상승되면, 생산 능률 지수는 내려간다. 이렇게 볼 때, 봉건사회란 결국은 무너지게 되어 있는 사회임을 알 수 있다. 어느 나라에서나 지대는 수확량의 50퍼센트 정도로 고정되어 있었을 것이고, 사회가 분화됨에 따라 조세는 증대되지 않을 수 없었을 것이다. 어느 나라나 경작 면적은 더이상 확대될 수 없는 한계를 가지고 있었을 것이며, 경작 기술도 기계 사용이 일반화되지 않은 상태에서 더이상 혁신될 수 없는 한계를 가지고 있었을 것이다.

황현산의 산문 :
비평의 원점

황현산은 주도하고 면밀하고 가차 없이 질문하는 비평가이다. 그에 의하면 "시를 안다는 것이 시에 대한 설명의 코드에 익숙하다는 것에 지나지 않을 때가 많다"(『잘 표현된 불행』, 난다, 2019, 9쪽). 그는 시가 본래 지닌 힘에 의해서 이 설명의 코드로부터 벗어나고 싶어했다. 시인은 직접 주어져 있는 사물을 예상할 수 없는 사물로 변형한다. 이미 알고 있던 사물이 시에 들어오면 친숙하지 않은 사물로 변모된다. 비평가는 시 속에서 작용하고 있는 이러한 낯섦의 효과를 독자에게 전달하려 한다. 황현산은 설명의 코드를 희생시키고 그것보다 더 밑에 있는 시의 힘을 살려내려 했다.

언어에는 정식 계약과 이면 계약이 있는데, 문학이란 정식 계약의 불충분한 성질을 파지하고 이면 계약으로 정식 계약을 보충하려는 실험이므로 정식 계약에 대한 이의제기가 들어 있지 않은 글은 문학이 아니라는 것이 황현산의 믿음이다. 말에는 그렇게 부르기로 하고 있는 정식 계약과 어쩔 수 없어서 그렇게 부르기로 양보할 수밖에 없는 이면 계약이 있다. 정식 계약은 통일될 수 있지만 이면 계약은 통일될 수 없다. 어떤 사람에게는 분명한 것이 다른 사람에게는 모호한 것이 되며 어떤 언어로는 절실한 진실이 되는 감정에 다른 언어는 관심을 두지 않는다. "언어가 서로 만날 때 이 불확실한 것들이 솟아올라와 산과 들을, 사랑과 증오를 새롭게 고찰하고 새롭게 정의하게 한다"(『황현산의 사소한 부탁』, 난다, 2018, 149쪽). 황현산은 인간과 인간, 언어와 언어의 충돌에서 야기되는 분열과 대립과 차이의 바닥에 온 인류의 모국어라고 할 수 있는 의미의 밑 흐름이 있다고 믿는다. 프랑스 여자인 보바리 부인이 한국어로 말할 리 없으며 덴마크 왕자인 햄릿이 한국어로 말할 리 없다. 한국어 번역본에 나오는 보바리 부인이나 햄릿 왕자의 말은 그들이 프랑스어나 영어나 덴마크어가 아니라 실제로는 아무도 말하지 않는 인류의 보편 언어로 말했다고 가정했을 때의 그 보편 언어를 대신하는 말이라고 할 수 있다. 그것은 아무도 사용하지 않는 말이면서 동시에 사람이면 누구나 사용하는 말이다. "한국어로 된 이 번역 언어는 프랑스어와 덴마크어와 영어를 넘어설 뿐 아니라 한국어를 또한 넘어선다. 보편 언어라는 생각 자체가 바로 거기서 출발한다"(『우물에서 하늘 보기』, 삼인, 2015, 120쪽). 랭보의 시집 『일뤼미나시옹』에는 「야만인」이라는 시가 들어 있는데 거기에는 이런 말이 나온다.

Oh! Le pavillon en viande saignante sur la soie des mers et des fleurs arctiques.

이것을 함유선은 "북극 꽃과 바다 비단 위로 피 흘리는 고기로 만든 정자"(『나쁜 혈통』, 밝은 세상, 2005, 125쪽)라고 번역하였고 황현산은 "북극의 바다와 꽃들로 짠 비단 위에 피 흘리는 고깃덩이의 깃발"(『우물에서 하늘 보기』, 269쪽)이라고 번역하였다. 불어사전의 '파비용(pavillon)' 항목에는 정자란 의미와 깃발이란 의미가 다 들어 있으므로 맞고 틀리고 하는 문제는 제기될 수 없다. 문제는 시 전체를 어떻게 읽었느냐 하는 데 있다. 랭보는 문명을 사람과 나라들이 다람쥐 쳇바퀴 돌듯 해묵은 영웅심을 고취하거나 죽고 죽이는 놀이를 반복하는 지옥이라고 보았다. 랭보에게 시인이 된다는 것은 야만인이 된다는 것이며 사람들과 나라들을 떠나 북극의 바다와 꽃들이라는 새로운 이미지 속으로 들어가는 것이다. 황현산은 파비용을 북극으로 가는 배에 단 깃발이라고 생각하여 랭보가 자신의 살로 만든 깃발을 달고 문명을 벗어나 북극으로 가면 극지의 화산과 동굴에서 여자의 목소리를 들을 수 있을 것이라고 믿었다고 해석하였다. 함유선도 재판을 낼 때는 정자라고 번역한 이유에 대하여 한두 줄이라고 밝혀주었으면 한다. 현재 나타난 문면으로만 보아서는 깃발이 보편 언어에 가까운 번역이라고 판단할 수밖에 없을 것이다. 황현산은 "한 여자의 음성이 날아들어 낡은 세상이 사라지고 새 세상이 왔다고 말하겠지만, 이미 핏덩어리 깃발이 되어 있는 시인은 그 복음을 듣지 못할 것이다"(『우물에서 하늘 보기』, 270쪽)라고 풀었다 . 나는 한국일보에 연재된 이 글을 처음 읽고서 황현산에게 시 속에 세계라는 단어가 음악이라는 단어와 동격으로 놓여 있는 것으로 미루어 볼 때("오 세계여, 오 음악이여") 이 시의 주제는 새로운 세상이 아니라 새로운 이미지로 보아야 할 것이라고 말하였다. 콜리지는 "마음속에 음악을 가지고 있지 않은 사람은 결코 시인이 될 수 없다"(『문학평전』, 김정근 옮김, 옴니북스, 2003, 471쪽)고 하였다. 황현산은 나폴레옹 3세와 그의 어머니 오르탕스에 대한 랭보의 분노를 자기 해석의 증거로 제시하였다. 아나

171

키스트 강성욱 선생님께 보들레르와 벤야민을 배우던 대학 시절에 그는 철저한 문학주의자였다. 어느 날 그는 에덴 호텔에 난입한 무장 군인들에게 살해되어 란트베어 운하에 던져진 로자 룩셈부르크를 얘기하다가 로자가 혁명에 헌신하는 것만큼 치열하게 보들레르의 판본 문제에 헌신하시는 선생님을 매일 보고 있으니 로자를 만나더라도 주눅이 들지 않을 수 있을 것 같다고 나에게 말하였다. 그의 첫번째 저서에서 그는 "강성욱 선생님께 감사드린다. 선생님의 깊은 지식과 어느 고행자도 따르지 못할 그 수행력이 어려운 시절 저를 견디게 하고 오늘의 저를 있게 하였다. 용기를 내어 이 책을 선생님께 바친다"(『얼굴 없는 희망』, 문학과지성사, 1990, 책머리에)라고 기록하였다. 그러나 1980년 광주를 겪고 나서 광주는 그에게 세상의 척도가 되었을 뿐 아니라 문학의 기준이 되었다. 나는 한편으로 그의 상처에 깊이 공감하면서도 다른 한편으로 그의 변화를 안타깝게 여긴 적이 없지 않았다. 17세가 되던 1871년에 랭보는 파리에서 베를렌에게 백 행이나 되는 시 「취한 배」를 적어주었다. 이 시의 1인칭 화자는 사람이 아니라 배이다. 떠들썩한 붉은 피부들이 밀의 주인인 플랑드르인과 목화의 주인인 영국인을 발가벗겨 기둥에 못 박고 과녁으로 삼아버렸다. 이 시에서 사람들은 첫 두 연(8행) 이후에 사라지고 강에서 바다에 이르는 92행의 긴 여정은 오직 배

172

혼자의 몫이다. "난바다로 나가게 되면 세계가 인간을 위해 만들어졌다는 생각을 더는 고집할 수 없다. 그가 만나게 되는 것은 끝없이 펼쳐진 바닷물이며 언제라도 배를 뒤집을 수 있는 거대한 물너울이며 물속에 숨어 있는 암초이며 예고 없이 불어오는 돌풍이다"(『우물에서 하늘 보기』, 127쪽). 배는 배가 배로서 겪을 수 있는 온갖 험한 일을 모두 당하고 끝내 바다에 이르러 자유를 얻는다. 회오리 물기둥과 되밀려오는 파도, 베헤못과 레비아탄 같은 바다의 괴물들, 허리케인과 마엘스트롬, 비둘기처럼 솟구치는 새벽과 공포로 얼룩진 낮은 태양 가운데서 물에 취한 배는 용골이 부서진 채 미친 널빤지가 되어 착란의 하늘을 열어주는 바닥없는 어두움 속에서 백만 마리 황금의 새들을 본다. 목화를 나르는 운반선이 되지도 못하고 군기를 펄럭이는 함선이 되지도 못하고 죄수를 이송하는 감옥선도 되지 못하고 오직 가혹한 사랑에 도취되어 마비된 배는 비로소 더이상 부정할 수 없는 최후의 진실을 만나게 된다. 배는 움직이지 않는 태양 아래 같은 일을 반복하는 유럽의 낡은 난간을 생각하고 그곳에도 오월의 나비처럼 여린 배를 타고 검고 차운 늪에 떠 있는 어린아이가 있다는 것을 상기한다. 15세기의 일본 배우 제아미는 가켄-노-켄과 리켄-노-켄을 훈련해야 좋은 배우가 될 수 있다고 하였다. 흔히 내 눈과 남의 눈이라고 번역하지만 "눈은 눈을 보지 못한다"는 제아미의 말을 고려하면 제아미의 의도는 나귀가 우물을 보는 것과 우물이 나귀를 보는 것의 차이를 전하고 싶었던 데 있었던 것 같다. 그렇다면 이 시에서 배는 리켄-노-켄으로 보는 시인이고 어린아이는 가켄-노-켄으로 본 시인이라고 할 수 있을 것이다. 황현산에게 랭보는 시의 본질을 보여주는 시인이다. 그는 랭보의 시에서 시의 정신을 읽었다.

> 시에는 모든 문화에, 모든 언어에 공통되는 어떤 법칙이 있다. 그래서 우리의 번역이라고 하는 기표는 랭보의 시라고 하는 기의의 근처에도 가보지 못했지만, 우리의 용감한 감수성들은 저 용감했던 랭보가 무슨 말을 하려는지 알고 있었다. 사실을 말한다면 랭보도 제가 표현하려던 것을 다 표현하지 못하고 그 주변을 돌며 몸부림을 쳤던 것이 지옥에서 한철을 보내며 했던 일이 아니겠는가.

> ─『황현산의 사소한 부탁』, 284~285쪽.

16세의 랭보는 시인 드므니에게 보낸 편지에서 감각의 전면적이고 장기적이고 이치에 맞는 착란을 통해 투시자가 되어야 한다고 썼다. 들뢰즈는 랭보의 감각과 투시를 강도와 이념으로 번역하고 이념을 문제장(問題場)과 동의어로 사용하였다. 황현산은 "진정한 삶은 여기 없다"는 랭보의 말에서 투시자가 되어야 하는 이유를 찾는다(『우물에서 하늘 보기』, 65쪽). 레오나르도 다빈치도 볼 줄 아는 것(saper vedere)이 화가의 임무라고 하였다. 시인에게 투시는 문제의 해결이 된다. 현실의 의미 깊은 국면을 드러내는 시는 시인의 문제에 대한 하나의 해답이다. 평생토록 완강하게 자신의 문제에 몰두하는 것은 엄청난 힘을 소모할 수밖에 없는 작업이다. 그러므로 황현산은 "시가 아름답다는 것은 무정하다는 것이다"(『우물에서 하늘 보기』, 271쪽)라고 단언하였다. 인간의 기억은 조금 드러내고 많이 감추기 때문에 기억의 풍경을 투시하려는 의지는 보는 일을 일종의 유린 활동으로 만든다. 서로 가까이 닿아 있는 기억들은 무엇인가? 비슷한 기억들은 무엇인가? 어떠한 기억들이 잇달아 나오는가? 하나의 기억과 다른 기억은 어떻게 격리되어 자신을 폐쇄하고 있는가? 근접 유사 연속 폐쇄는 기억들이 상호작용하여 이미지를 만드는 방법이다. 익숙한 이미지들을 끊고 잇고 뒤집는 동안 사물들의 밀도와 깊이가 바뀌며 기억 속에 묻혀 있던 몽상들이 처음으로 얼굴을 들고 살아서 움직이기 시작한다. 새로운 이미지는 존재의 고유성에 침투하여 낱말들의 의미론적 깊이를 복원해준다. 시의 숨은 재료는 기억이지만 시의 나타난 입자들은 기억에 대한 감각경험들이고 감각들이 그전에는 예상하지 못했던 방식으로 결합하여 구성하는 이미지들이 바로 시가 된다. 시의 유일한 목적은 새로운 이미지이다. 구원이나 해방이 시와 연관될 수도 있겠으나 그런 것들은 구태여 말하자면 목적 건너편의 목적이 될 수 있을 뿐이다. 새로운 이미지가 아니라면 구원이나 해방은 시를 수사적인 장식으로 타락시키게 될 것이다. 시는 이미지들의 융해이지 개념의 교환이 아니다. 생각에 빠져드는 것은 시쓰기와 무관하다. 시쓰기는 감각 활동이지 사유 활동이 아니다. 동시대 사람들의 공동세계(Mitwelt)는 대부분의 경우에 감각 가치들을 일깨우지 못한다. 그것은 백과사전의 지식이 통용되는 개념의 체계 위에서 의사를 소통하는 세계이다. 시대가 바뀌면 백과사전의 내용도 달라지지만 개념의 물물교환이라는 의사소통의 근거는 달라지지 않는다. 공동세계를 고유세계(Eigenwelt)로 미분하거나 보편세계(Umwelt)로 적분하거나 해야 감각 가치들이 살아난다. 공동세계는 고유세계의 자연스러운 몽상을 응고시키며 이미지의 우주적 의미를 사회적 의미로 축소한다. 새로운 이미지는 항상 공동세계의 의미 작용을 넘어선다. "언어는 어떤 경우이건 전달 가능한 것의 전달이기만 한 것이 아니라 동시에 전달 불가능한 것의 상징이기도 하다"(『황현산의 사소한 부탁』, 283쪽). 인간의 정신에는 새로운 이미지들에 대한 갈망이 내재한다. 시의 존재 이유는 이미지들의 예기치 않은 결합에 있다. 시인에게는 "둔중한 것에서 날카로운 것을 발견하고 단단한 것에서 무른 것을 발견하며 더 중요한 것과 덜 중요한 것의 질서를 바꾸는 힘"(『우물에서 하늘 보기』, 38쪽)이 있다. 새롭고 싱싱하며 생동하는 이미지들에는 스스로 속일 수 없는 고유한 희망들과 제 기억의 깊은 자리에서 끌어낸 몽상들이 들어 있다.

기형도의 「빈집」에는 아무것도 모르던 촛불들과 공포를 기다리던 흰 종이들과 망설임을 대신하던 눈물들과 더이상 내 것이 아닌 열망들이 등장한다. 촛불을 켜놓고 백지에 글을 쓰는 사람은 이제 거의 없을 것이므로 시의 초점은 눈물과 열망에 있다고 해야 할 것이다. 그러나 황현산은 깨어진 사랑을 애절하게 한탄하는 이 연애시에서 애인이 떠나버린 상황에서 사랑 없이 시를 쓰려고 하는 사람의 고통을 읽는다. 그렇다면 거듭되는 인사말 "잘 있거라"는 버림받은 사람이 남겨진 것은 자기가 아니라 애인이고 만류하는 애인을 두고 떠나는 것이 바로 자기라고 애인과 자신의 위치를 뒤바꾸어 자기를 위로하는 환상의 표현이 될 것이다. 시의 수호천사가 되어주던 애인이 떠난 후에 시를 쓰고 싶은 열망이 소멸한 그에게 애인을 잃는 것은 세상과 연결되는 모든 통로가 폐쇄되는 것이다.

"그의 마음은 바깥세상의 어떤 풍경과도 조응하지 않는다. 열기 없는 열망은 메마른 말들 속에 갇혔다. 슬픔은 언젠가 가라앉겠지만 이 불안이 해소될 길은 없다"(『밤이 선생이다』, 난다, 2013, 167쪽). 황현산은 백지와 등잔이 나오는 말라르메의 시, 「바다의 미풍」을 인용하여 이 불안이 실연당한 시인만이 아니라 모든 시인의 운명이라는 사실을 환기한다. 「바다의 미풍」은 "육체는 슬프다, 아아! 그리고 나는 모든 책을 다 읽었구나"라는 행으로 시작된다. 읽어야 할 책들이 있을 때는 그 책들이 권태를 막아준다. 그러나 더이상 읽고 싶은 책이 없어지는 시절이 오면 잔인한 비극이 시작된다. 바르게 실천하고 슬기롭게 결정하는 것은 책과 무관하다. 더 읽을 책이 없어도 육체는 달라지지 않는다. 시인은 낡은 정원을 돌아보고 아이에게 젖을 먹이는 아내를 바라보고 등잔의 황량한 불빛과 불빛을 받아 하얗게 빛나는 빈 종이를 응시한다. 시인은 이 모든 것에게 작별을 선언한다. 돛대를 흔드는 기선을 타고 새들이 도취하며 나는 미지의 거품과 이국의 자연을 향해 떠나겠다고 결의한다. 그러나 바로 그 순간에 시인의 머리에는 폭풍우에 난파되어 "종적을 잃고, 돛대도 없이, 돛대도 없이, 풍요로운 섬도 없이……" 떠도는 자기의 모습이 떠오른다. 권태는 미지의 하늘까지 따라와서 잔인하게 모든 희망이 허무할 뿐이라고 말해준다. 시인은 등잔 아래 백지를 펴고 책상에 앉아서 수부들의 노래를 머릿속으로 그림 그려 보는 것 이외에 다른 아무 일도 할 수 없다.

발레리는 이미지의 탄생을 애인의 발자국 소리에 비유한다. 「발걸음」은 애인이 찾아오기 직전의 순간, 즉 이미지가 탄생하기 직전의 순간을 묘사하는 시이다. 시인은 침묵하면서 이미지가 다가올 때까지 기다려야 한다. 명상은 이미지의 어머니이고 이미지는 명상의 아이들이기 때문이다. 시인은 침대에 누워서 이미지의 발자국 소리를 기다린다. 그것은 깨어서 이미지를 배고 낳아야 하는 불면의 침대이다. 마리아가 성령으로 예수를 잉태했듯이 이미지는 성스럽게 말없이 그리고 냉정하게 시인의 침대로 다가온다. 조심스러운 그 발걸음은 너무나 사랑스럽다. 시인은 이 맨발에 자기가 희망하는 모든 선물이 실려 오리라고 예감한다. 발걸음은 시인의 눈앞에서 형성되는 이미지이면서 동시에 시인의 귓가에 울리는 선율이기도 하다. 발걸음은 원래 운율의 단위였다. 시의 리듬을 구성하는 것은 음보(音步, 소리 걸음)이다. 명상에서 탄생하는 이미지와 리듬은 시인이 섬기는 신들이다. 시인은 이미지의 입맞춤을 먹고 산다. 이미지는 시인의 일용할 양식이다. 이미지는 시인에게 찾아와 시인의 정신을 진정시키고 생각의 흐름을 단절시켜서 시인이 개념들에 사로잡히지 않도록 막아준다. 시인은 그 발걸음의 주인인 거룩한 그림자를 팔 벌려 맞아들여 그와 입을 맞춤으로써 생각의 주민들을 잠재울 수 있을 것이고 감각의 주민들을 깨워낼 수 있을 것이다. 그러나 시인은 이제까지 너라고 불러왔던 이미지로부터 거리를 두고 그를 그대라고 부르며 사랑의 행위를 서두르지 말라고 그에게 간청한다. "나는 그대를 기다리며 살아왔고/내 심장은 그대의 발걸음일 뿐이기에" 조급하게 서두르는 섹스가 행여 기형의 이미지를 낳게 하거나 이미지를 유산시키지나 않을까 두렵기 때문이다. 이미지를 선사하는 뮤즈("순수한 사람, Personne pure")와의 섹스는 시인의 거룩한 제사가 되어야 한다. 황현산은 "있음과 있지 않음의 기쁨"을 "우리가 희망하는 대상은 언제까지나 거기에 확실히 존재하나 아직 여기에 존재하지 않는 어떤 것"(『황현산의 사소한 부탁』, 260쪽)이라고 해석한다. 시인은 하나의 욕망과 그것에 결부된 희망을 관념으로 떨어지기 직전에 감각으로 포착하여 이미지를 구성해야 한다. 시는 구성된 것이므로 존재하는 것이고 관념이 아니므로 존재하지 않는 것이다.

보들레르는 「여행에의 초대」에서 거기에 확실히 존재하나 아직 여기에 존재하지 않는 것의 이미지를 구체적으로 보여주었다. 보들레르는 항해를 싫어했고 어쩌다가 항해의 기회가 있어도 곧장 파리로 돌아오곤 했으니 이 시에서 그가 초대하는 여행이 실제의 여행일 리는 없다. 그것은 현실과 대비되어 현실의 비참함을 폭로하는 이미지 속으로의 여행이다. 시인은 애인을 "내 아이야, 내 누이야"라고 부른다. 애인은 혹시 헤어질 수도 있으나 아이나 누이와는 함께 살 수밖에 없기 때문이다. 애인을 아이와 누이로 부름으로써 시인은 그와 그녀를 필연적인 관계로 결속한다. 그가 애인을 초대하여 같이 가려는 나라는 흐린 하늘의 젖은 태양이 부드럽게 슬픔을 달래주는 곳이다. 그곳의 햇빛은 시인을 바라볼 때 애인의 눈물 너머로 빛나는 종잡을 수 없는 눈빛과 어울린다. 신비한 매력이 그 나라 전체를 가득 채우고 있다. 그들이 함께 사는 방에는 윤나는 가구들이 연륜의 그늘을 드리우며 그들과 함께 몽상에 잠기며 그윽한 거울이 동양의 광채를 내며 그들에게 은밀하게 저의 본디 말을 속삭인다. 운하에 떠 있는 배들이 온 세상의 구석구석에서 찾아온 진귀한 물건들은 그들의 자잘한 욕망까지 채워준다. 저녁이 되면 저무는 태양이 보랏빛, 금빛으로 들판과 운하와 도시를 덮고 이윽고 밤이 오면 세상은 따사로운 노을빛 속에서 잠든다. 보들레르는 세 연으로 구성된 이 시에서 다음과 같은 두 줄의 시절을 세 번 반복하였다.

거기서는 모든 것이 질서와 아름다움,

사치와 고요, 그리고 쾌락일 뿐

마르쿠제는 『에로스와 문명』에서 이 시절을 질서라는 단어가 억압적 함축을 상실한 유일한 예로 제시하였다. 여기서 질서는 자유로운 에로스가 창조한 만족의 질서라는 것이다. 이 만족의 질서는 보들레르가 창조한 미학적 유토피아의 하나이다. 보들레르는 섬세한 정신이 소망하는 것들로 질서와 아름다움, 고요와 순결한 쾌락을 들고 거기에 사치를 덧붙였다. "천지간에는 눈에 보이지 않는 어떤 유현한 기운이 있음을 질서와 아름다움이 알려준다. 고요는 그 기운을 관상할 수 있는 적절한 환경이며, 쾌락은 인간의 몸이 그 기운과 일치하는 데서 오는 행복감이다. 사치는 생명의 운명이 노역에서 시작하여 노역에서 끝나지 않는다는 것을 증명하는 시위와 다르지 않다"(『우물에서 하늘 보기』, 27쪽).

이미지는 정신이 개념의 식민지가 되는 것을 거부할 뿐 아니라 시간이 파괴할 수 없는 정신의 신비를 보존한다. 보들레르의 「시체」에 등장하는 시인은 화창한 여름 아름다운 아침 애인과 함께 나섰던 산책길에서 썩은 짐승의 사체를 보았다. 오솔길 모퉁이 자갈

이 흩어진 곳에 그 사체는 음탕한 여자처럼 다리를 처들고 발산하는 기체로 가득한 배때기를 무심하게 드러내고 있었다. 사체 위로 내리쬐는 태양은 자연이 결합한 것을 해체하여 백배로 자연에 돌려주고 있었고 하늘은 꽃구경하듯 눈부신 사체를 바라보고 있었다. 파리떼가 달라붙어 윙윙거렸고 기어나오는 구더기떼의 모습이 걸쭉한 액체가 흘러나오는 것 같았다. 지체들이 파도처럼 침강과 융기를 반복하고 거품이 되어 솟아올라 마치 사체가 살아서 번식하는 것 같았다. 사체의 윤곽은 화가가 캔버스에 초벌 스케치로 진행중인 소묘처럼 끊임없이 바뀌고 있었다. 바위 뒤에서는 성난 암캐가 해골에 남겨놓은 살점들을 다시 뜯어내려고 기회를 엿보고 있었다. 지독한 악취에 기절하려고 하는 애인에게 시인은 종부성사를 끝내고 무성한 풀꽃들 아래 백골들 사이에 누우면 우아한 그대도 이렇게 되리라는 것을 잊지 말라고 말한다. 이쯤에서 그친다면 이 시는 시간이 모든 것을 파괴한다는, 너무도 흔한 개념을 전달하는 교훈시가 될 것이다. 그러나 보들레르는 이 시의 가장 중요한 이미지를 마지막 연에 담아놓았다. 시인은 아름다운 애인에게 그대의 몸에 곰팡이가 슬고 구더기들이 키스를 퍼부을 때 그대의 몸이 해체되더라도 그대를 사랑하는 나는 내 사랑의 형상과 거룩한 본질을 간직해두었노라고 그 구더기들에게 말해달라고 부탁한다.

이 부분의 간접화법을 직접화법으로 바꾸면 이렇게 된다. "구더기들아 너희들이 내 몸을 해체해도 나의 남자는 나에 대한 사랑의 형상과 본질을 보존해두었단다." 인간의 생명은 연약하여 머지않아 스러질 것이기에 오히려 영원할 수 있다. "인간이 인간에게 바치는 사랑은 변덕스럽고 불완전하지만 스러지는 인간은 그 사랑을 가장 완전하고 가장 영원한 형상으로 간직해둘 수 있다. 삶은 덧없어도 그 형상과 형식은 영원하다. 그래서 한번 살았던 삶은 그것이 길건 짧건 영원한 삶이 된다"(『황현산의 사소한 부탁』, 290쪽).

말의 논리 위로 낯을 들고 일어설 수 없었던 어두운 희망이 문학을 문학으로 규정하는 힘이며 이 희망은 세계적이고 보편적이다. 항상 시인의 이의제기에 동참할 자세를 갖추고 있는 황현산은 자신을 시인과 함께 지배담론을 흔드는 소설가로 여기는 듯하다. 느닷없이 시인에게 말을 걸고 내밀한 비밀을 독자에게 터놓는 그의 산문은 미완의 성장소설처럼 읽힌다. 일반 개념의 나열을 싫어하고 문학적 과장을 역겨워하는 그는 사실과 자료에서 시작하지만 기존의 경계에 머무르지 않는다. 내가 아는 한 그는 이 나라에서 가장 엄격하게 훈련받은 실증주의자이다. 그는 작품을 사전과 문법으로 텍스트에 밀착하여 읽고 텍스트에 비평가의 생각을 집어넣는 확대 해석을 극도로 경계한다. 어떤 의미를 가지고 텍스트로 들어 가려고 하지 말고 모든 의미를 텍스트에서 끄집어내야 한다는 것 이다. 황현산의 비평은 시인을 자신의 개인적 코드에 통합하려는 유혹에 저항하는 데서 시작한다. 나는 단어의 의미와 문장의 구조 를 복원하는 데 그보다 더 능숙한 주석가를 본 적이 없다. 그러나 그는 주석을 문학적 코드 안으로 제한하려고 하지 않고 언어경험 의 여러 국면을 포함할 수 있도록 주석을 확장하려 한다. 이질적이 고 비문학적인 자료들에서도 실증적 사실을 끌어내어 포섭한다는 점에서도 그의 산문은 교양소설의 풍격을 드러내고 있다. 그는 신 념을 내세우려고 하지 않으나 도덕적 분노를 감추려고도 하지 않 는다. 지붕에 올라가서 외치려 하지 않으나 지하실에서 수작업을 하더라도 도덕적 책임에서 면제될 수 없다는 사실을 그는 분명하 게 인식하고 있다. 그의 산문에는 자신의 말에 책임을 느끼는 윤리 란 필연적으로 항상 불완전할 수밖에 없다는 인식이 공존한다. 브 르통은 자기가 내세우는 초현실주의까지 포함하여 모든 체계에 대 하여 "약간 우쭐거리는 어떤 것이, 근본적으로 부패한 어떤 것이 그대 안에 들어 있다고 나는 인정할 수밖에 없을 것이다"(『밤이 선 생이다』, 298쪽)라고 말했다. 황현산에게 시는 기지와 미지의 사이 에 놓인 다리이다. 시는 미래의 말, 미래를 촉발시키는 말, 미래에 그 진실이 밝혀질 말이다. 비평가는 현재의 말 속에 잠복해 있는 미래적 쓰임의 가능성을 읽어내야 한다. "시의 모든 전위에는 주체가 타자를, 타자가 주체를 아우르는 현재가 있으며 아직은 형태도 색깔도 없는 미래, 어떤 주체의 망상도 아직 침범하지 못한 미래, 곧 타자의 미래가 있다. 타자를 영접하는 주체만이 오직 그 미래에 들어간다(『잘 표현된 불행』, 134쪽)." 그는 본연파(나튀리슴)에 반대하고 미래파(퓌튀리슴)에 찬성하는 비평가이다. 그에게 본연은 필연이 아니다. 그러나 그는 "미래신앙, 진보신앙에 대한 저주가 현대시의 가장 중요한 기원(『잘 표현된 불행』, 396쪽)"이라는 사실을 잊지 않는다. 보들레르가 꿈꾼 미래는 기술의 진보가 아니라 원죄의 감소였다. 이수명에게 꿈의 시나리오가 있듯이 황현산에게도 시의 시나리오가 있다. 그것은 시인과 독자와 비평가가 함께 참여하는 시나리오이다. 그는 시에서 특별한 어느 한 사람의 음성을 들으려고 하지 않는다. 그에게 시는 그 사회의 여러 음성들이 상호작용을 수행하는 장소이다. 그의 비평은 시를 이질성의 연극으로 만들어 시의 의미를 풍부하게 하고 시인의 편에 서서 독자로 하여금 자신의 의지로 새로운 시를 쓸 용기를 갖게 한다. 독자는 그의 비평에서 시인들에게만 통하는 무수한 무대 지시들을 넘겨받게 된다. 시인과 독자와 비평가가 서로 타인의 필연적인 보완물이 된다는 진실을 확인하게 해준 것은 황현산의 산문이 거둔 최대의 성과라고 할 수 있다. 비평의 목적은 애초부터 지평 융합이었다. 비평은 나를 변화시킨 만남의 기록이다. 최악의 비평은 비평가의 주물 속에 집어넣어 시인을 짓부수는 비평, 다시 말하면 토론하기를 거부하는 비평이다. 콜리지는 "그들의 풍습, 그들의 오락, 이 세상에서 그들이 추구하는 것, 그들의 정열, 그들의 감정 등에 관한 관찰을 불문에 부치고 보따리 안의 상품 견본에만 주의하는 비평가"(『문학평전』, 577쪽)를 조롱하였다. 황현산은 작품에 대해서 말하지 않고 작품에게 말하며 작품과 함께 말한다. 그는 토론을 벌이는 비평가이고 반박을 허용하는 비평가이다. 그는 항상 시인에게 그리고 다른 비평가에게 논쟁을 건다. 둘이 하나로 혼합된다는 것은 환상이다. 진정한 사랑은 타인을 타인으로 인식하는 것이다. 노예가 되지 않도록 지켜주고 독재자가 되지 않도록 막아주는 이 사랑을 황현산은 민주주의라고 규정하였다.

숨쉴 때마다 들여다보는 핸드폰이 우리를 연결해주지 않으며, 힐링이 우리의 골병까지 치료해줄 수 없으며, 품팔이 인문학도 막장 드라마도 우리의 죄를 씻어주지 않는다. 실천은 지금 이 자리의 실천일 때만 실천이다. 진정한 삶이 이 자리에 없다는 말은 이

삶을 포기하라는 말이 아니라 이 삶을 지금 이 모양으로 놓아둘
수 없다는 말이다

—『우물에서 하늘 보기』, 98쪽.

그래서 나는 높고 낮은 지휘관들에게 이렇게 묻고 말한다. 병
사들을 관리하기 어려운가. 그렇다면 인간의 권리를 생각하고 민
주주의를 생각하라. 낮에만 생각하지 말고 밤에도 생각하라. 생
각하기 어려우면 생각하는 척이라도 하라. 그렇게라도 하다보면
마침내 생각을 하게 될 것이다. 다시 말하건대 문제도 민주주의
고 해답도 민주주의다.

—『우물에서 하늘 보기』, 140~141쪽.

황현산의 일생은 오디세이의 활을 당기려는 고투의 연속이었다.
이 활시위의 한쪽 끝에는 현대시가 있고 다른 쪽 끝에는 민주주의
가 있다. 그는 초인적인 정성으로 이 활시위의 양쪽 끝을 가깝게 끌
어당겼다.

랭 보 와
모 던 팝

　모든 예술의 궁극적 의미는 억압 없는 문명이다. 칸트는 예술의
본질을 목적 없는 합목적성과 법칙 없는 합법칙성으로 규정하였
다. 목적을 의도하지 않으나 목적에 어긋나지 않고 법칙을 의식하
지 않으나 법칙에 어긋나지 않는 세계가 바로 예술의 터전이라는
것이다. 예술의 동력은 의도와 의식이 도달할 수 없는 무의식의 욕
망이다. 합리성의 관점에서 본다면 우연을 병렬시키는 욕망은 글
자 그대로 미친 벡터이다. 이미지들의 한끝에서 다른 한끝으로 번
갯불처럼 횡단하는 진동의 효과와 결과들은 원인에 의존하지 않는
다. 욕망은 상식의 지도와 다른 지도를 그리면서 우연한 인자들, 예
측할 수 없는 형태들, 거리가 먼 계열들을 소통시킨다. 욕망은 편

안하지 않기 때문에 편력한다. 욕망은 언제나 공백과 싸우고 있으며 시는 이 공백에 이름을 지어주려는 욕망의 실험이다. 욕망은 어떻게 작동하고 고장나는가? 욕망은 어떻게 한 신체로부터 다른 신체로 옮아가는가? 어떠한 욕망이 어떻게 흥분하는가? 욕망이 편력하는 환경은 어떠한가? 문제는 거창한 지식이 아니라 정직한 욕망이다. 욕망만이 인간에게 미지의 영역으로 자신을 개방하는 용기를 선사한다. 욕망은 있음이 아니라 넘어서서 있음이고 욕망의 본질은 타자의 부름에 있다. 욕망은 모든 한계를 꿰뚫고 분열과 모순을 자체 내에 보존하는 끝없는 의욕이며 깊은 정열에 의하여 특별하게 충격된 심적 운동의 끊임없는 충실성이다. 환상을 좇는 즐거움, 추억에 갇힌 우수는 진정한 의미의 욕망이라고 할 수 없다. 욕망은 객관적으로 관찰되지 않는다. 움직이는 감정을 속속들이 반영하는 눈길, 내면의 율동을 드러내는 높고 낮은 목소리, 피가 통하는 따뜻한 손길—이런 것들이 욕망의 집이다. 욕망은 거부인 동시에 개방이고 부정인 동시에 사랑이다. 욕망은 악을 정당화하지 않으면서도 악을 받아들이고 악에 대하여 사랑에서 우러나오는 투쟁을 감행한다.

　욕망의 움직임이 담겨 있는 현대 예술을 대표하는 분야의 하나가 모던 팝이다. 고등학생의 70퍼센트가 기타를 배운다는 사실에서 알 수 있듯이 모던 팝은 이제 엘리트의 예술이 아니라 모든 사람의 예술이 되었다. 모던 팝은 악기를 배우면서 동시에 연주를 할 수 있고 더 나아가서 작곡을 할 수 있다. 스스로 작곡하고 스스로 연주하는 Do It Yourself가 모던 팝의 기본 정신이다. 60년대 초에 리버풀에만 400개가 넘는 밴드가 있었다. 1964년 1월에 비틀스는 런던을 떠나 파리에 도착했다. 공연 일정을 마친 10일 후에 그들은 열세 곡의 새 노래를 들고 런던으로 돌아와 단 하루를 보내고 뉴욕으로 날아갔다. 1957년에 17살 존 레넌과 14살 폴 매카트니가 리버풀 남부 울턴 처치에서 만나 출발한 후 1960년 기타리스트 조지 해리슨이 합류하고 1962년 말 드러머 링고 스타가 합류하여 결성된 비틀스는 1960년 10월 4일부터 함부르크 스트립 클럽 카이저 켈러의 전속 밴드로 활동을 시작하였다. 1963년 5월에 〈From me to you〉로 영국 차트 넘버 원 싱글에 올랐다. 비틀스는 앨범 'A Hard Day's Night'를 자작곡으로 채웠다.

모던 팝의 악기 연주는 클래식에 비교하여 단순하다. 피아노 건반은 여든여덟 개인데 흰건반과 검은건반 열두 개가 한 단위로 묶여 있다. 흰건반들 사이에 검은건반 두 개와 세 개가 연속으로 들어 있다. 두 개의 검은건반 바로 왼쪽에 있는 흰건반이 C/도 음이다. 흰건반은 차례대로 C/도 D/레 E/미 F/파 G/솔 A/라 B/시이고 두 개의 검은건반은 각각 C 샵 또는 D 플랫, D 샵 또는 E 플랫이고 세 개의 검은건반은 각각 F 샵 또는 G 플랫, G 샵 또는 A 플랫, A 샵 또는 B 플랫이다. 오선지 악보에서 다섯 개의 줄은 밑에서부터 E/미 G/솔 B/시 D/레 F/파이고 네 개의 칸은 밑에서부터 F/파 A/라 C/도 E/미이다. 높은음자리 오선의 줄은 Every Good Boy Deserves Food로 외우고 칸은 FACE로 외우며 낮은음자리 오선의 줄은 Good Boys Deserves Food Always로 외우고 칸은 All cows Eat Grass로 외운다. 악보 첫머리에 샵이나 플랫이 웅크리고 있으면 연주하는 동안 내내 그 음들은 샵이나 플랫을 붙여서 친다. C에서 시작하여 C로 끝나는 소리체계의 흰건반들은 둘째 음과 셋째 음 사이, 그리고 일곱째 음과 여덟째 음 사이가 반음인데 만일 C 대신에 F에서 시작하면 반음 구성이 달라지므로 F-F 체계에서는 B 대신에 B 플랫을 쳐야 C-C 체계의 반음 구성과 같게 된다. 악보 앞에 샵은 파도솔레라미시의 순서로 적고 플랫은 시미라레솔도파의 순서로 적는다. 모던 팝을 연주할 때 오른손은 언제나 멜로디 라인의 음표를 한 번에 하나씩 친다. 모던 팝의 악보에는 왼손으로 한 번에 서너 개의 음표를 연주하라는 코드 기호가 적혀 있다. 코드 기호의 첫 글자를 밑음(root)이라고 한다. 음표 세 개를 포개면 3화음이 되고 음표 네 개를 포개면 7화음이 된다. 코드에는 메이저(Major: R-4-3), 마이너(Minor: R-3-4), 세븐스(Seventh: R-4-3-3), 메이저 세븐스(Major Seventh: R-4-3-4), 마이너 세븐스(Minor Seventh: R-3-4-3), 오그멘트(Augmented: R-4-4), 디미니시(Diminished: R-3-3) 등이 있다. 우리말로는 메이저-마이너-오그멘트-디미니시를 각각 장3화음-단3화음-증3화음-감3화음이라고 한다. G7(G-4-3-3) 코드(G-B-D-F)는 G와 G에서 반음씩 네 번 가면 나오는 B와 B에서 반음씩 세 번 가면 나오는 D와 D에서 반음씩 세 번 더 가면 나오는 F를 포갠 7화음이다. 오른손은 멜로디를 치고 왼손은 코드를 치는 방법은 기타 연주에 그대로 적용된다. 단순한 연주 방법이 오히려 엄격한 훈련을 가능하게 했고 최고의 연주자들이 자기들의 고유성에 적합한 최고의 음악을 만들어냈다. 클래식의 원리가 다다익선(多多益善)이라면 모던 팝의 원리는 소소익선(少少益善)이다. 한 곡에 세 개의 코드만 사용하는 노래도 있다. 모던 팝의 목적은 청중에게 감동을 줄 수 있도록 적은 소리들을 최대한도로 정교하게 조직하는 데 있다.

비틀스에서 시작하여 레드 제플린과 루 리드를 거쳐 건스 앤 로

지스와 BTS에 이르는 모던 팝의 역사는 무아(無我 : egolessness)를 지향하는 욕망의 실험이다. 독재자와 노예를 허용하는 세계에 대항한 이의제기(no-ness)가 그 실험의 핵심이 된다고 할 수 있다. 케네디 대통령이 살해된 1963년에 롤링 스톤스의 첫 싱글 〈Come On〉이 영국 차트 데뷔에 성공했다. 그들은 분노에 가득찬 거리의 싸움꾼이었다. 서로 대립하고 충돌하는 것들이 공존하는 그들의 폭력적인 불협화음은 "새로운 풍경은 새로운 소음"이라는 랭보의 말을 증명하는 것 같았다. 계급투쟁을 암시하는 모호하고 기이한 소리의 조합이 롤링 스톤스의 특징이었다. 비틀스는 팝이고 롤링 스톤스는 록이라고 구분하는 사람도 있었다. 1966년의 한 인터뷰에서 믹 재거는 "우리는 밥 딜런이 아니다"라고 선언했고 1967년에 마약 단속으로 걸린 키스 리처드는 법정에서 검사에게 "예쁘장한 도덕에는 관심이 없다"고 말했다. 밥 딜런은 대중의 생활 속에 파고들어 냉정한 현실감각으로 기존의 이데올로기와 다른 길을 발견할 수 있는 가능성을 노래하였다. 〈The Masters of War〉의 신선하고 생생한 언어는 그를 한 세대의 대변자로 등장하게 하였다. 〈Blowin' in the Wind〉는 미국의 민중운동을 대표하는 노래가 되었다. 친근하지 않은 목소리로 학교에서 가르치는 방식의 음악과 다르게 노래하는 그의 음악은 그를 신비로운 부랑자로 남아 있게 하였다. 대중운동을 지지하면서도 그는 정치를 멀리하였다. 애니 멀스가 광기 어린 고음으로 노래하는 밥 딜런의 〈House of the Rising Sun〉은 뉴올리언스의 사창가 이야기를 담은 노래이다. 대중에게 노출되기를 극도로 꺼리는 데이비드 보위도 가사를 직접 자신이 썼다. 단순하고 견고한 그의 음악은 철저한 국외자가 경험하는 극도의 고독과 절대적인 공허를 연극적인 구성으로 조직하여 들려주었다. 그의 베를린 삼부작 〈Low〉〈Heroes〉〈Lodger〉는 1970년대의 균열된 세계를 반영하는 작품들이었다.

이글스도 〈호텔 캘리포니아〉(1971)에서 견고한 운율과 신선한 비유로 상실의 시대를 노래하였다. 밤에 사막 위의 고속도로를 달리니 시원한 바람이 머리카락을 날리고 선인장의 포근한 냄새가 대기를 떠돈다. 저멀리 희미한 빛이 보이는데 머리는 무거워지고 눈은 희미해져서 그는 차를 멈출 수밖에 없었다. 문득 커다란 문이 보이고 교회의 종소리가 들려서 천당인지 지옥인지 의심스러워하고 있는데 한 여자가 촛불을 켜들고 나와 그를 안내했다. 복도 끝 어디선가 나는 소리가 그에게 사람들이 이야기하는 소리처럼 생각되었다. 그것은 멋진 사람들이 머무는 캘리포니아 호텔이었다. 방이 많아서 언제나 쉴 곳을 찾을 수 있는 멋진 곳이었다. 최고급 보석을 좋아하고 벤츠를 모는 그녀를 그녀가 친구라고 부르는 멋진 사내들이 둘러싸고 있었다. 따뜻한 여름 저녁 땀에 젖어 그들은 무엇인가를 추억하려고 또는 무엇인가를 망각하려고 춤을 추고 있었다. 좋아하는 술을 달라고 했더니 셰프가 그 술은 1969년 이후로 나오지 않는다고 했다. 지금도 그들이 부르는 소리가 들려 한밤에 잠깨어 그들의 이야기를 회상한다. 캘리포니아 호텔에 사는 사람들에게는 언제나 알리바이가 되어주는 멋진 일들이 기다리고 있었다. 천장을 장식한 거울들과 얼음에 재운 분홍빛 샴페인을 보면서 그녀는 "우리 모두가 자기들이 만들어낸 장치에 감금되어 있다"고 탄식했다. 주인의 방에 모여 잔치를 하면서 그들은 공허의 여기저기를 찔러보지만 공허라는 짐승을 죽이지는 못한다. 전에 있던 곳으로 돌아가는 길을 찾아야 할 것 같아 문 쪽으로 뛰어가는데 경비가 "우리 모두는 이렇게 살도록 프로그램되어 있어서 숙박비를 치르더라도 당신은 호텔을 떠날 수 없어요"라고 말한 것이 그의 뇌리에 남아 있다.

아득한 사막의 밤길은 변혁을 향해 달려온 60년대이고 캘리포니아 호텔은 안정을 찾은 70년대일 것이다. 보석에 벤츠에 샴페인에 너무나 멋진 나날이 펼쳐지지만 사람들은 안락 속에서 공허에 사로잡혀 있다. 다시 돌아가려고 해도 60년대로 가는 길은 모두 차단되었다. 출구 없는 시대를 이 노래보다 더 절실하게 표현할 수는 없을 것이다. 노래말에 들어 있는 운율과 비유는 나무랄 데가 없을 만큼 주제를 잘 드러내고 있다. 〈호텔 캘리포니아〉의 마지막 두 부분은 다음과 같다(앞에 의미를 간추려놓았으니 번역은 생략함).

Mirrors on the ceiling

The pink champagne on ice

And she said

"We are all just prisoners here

Of our own device"

And in the master's chambers

They gathered for the feast

They stab it with their steely knives

But they just can't kill the beast

Last thing I remember

I was running for the door

I had to find the passage back to the place I was before

"Relax" said the nightman

"We are all programmed to receive

You can check out anytime you like

But you can never leave"

한 행에 악센트가 두 개씩 들어 있는 두 음보 율격과 device-knives, feast-beast, door-before, receive-leave 같은 각운이 시의 의미를 결속해준다. 인용한 부분에서 샴페인은 여유 있는 생활이고 짐승은 공허한 생활이며 감금되어 있는 것과 프로그램되어 있는 것은 자유와 결단이 상실된 세계이다. 숙박비를 내도 호텔을 떠날 수 없다는 것은 자살을 하더라도 공허한 시대로부터 벗어날 수는 없음을 의미한다.

모든 것을 체념하고 지쳐 있는 70년대의 세계에 진저리를 치며 스투지스, 섹스 피스톨스 같은 밴드들은 강렬한 허무주의로 침잠해들어갔다. 끈질기게 반복되는 소음과 가공하지 않은 역겨움을 정밀하게 조합하는 그들의 그루브는 듣는 사람에게 불안과 공포를 야기하였다. 70년대에 섹스 피스톨스의 기타리스트 시드 비셔스는 불량배 허무주의자의 상징적 인물이었다. 블랙 사바스는 음악에 악과 공포를 도입하였다. 공포를 강조하기 위하여 그들은 음악의 속도를 고의로 낮추었다.

  80년대의 팝은 모든 관습이 무너진 자리에서 초현실주의의 방향으로 나아갔다. 패티 스미스는 경계도 이정표도 없는 시대를 건디면서 완강하게 관념의 감옥에서 벗어난 자유를 추구했다. 그녀는 이의를 제기하기 위해 반드시 추해질 필요는 없다고 생각했다. 그녀는 새로운 것을 배우려고 하지 않고 현실에 안주하는 노동계급에 대해서도 별다른 관심을 두지 않았다. 그녀는 도덕이 아니라 리얼리즘에 흥미를 가지고 있었다. 뒤셀도르프의 크라프트베르크는 신디사이저를 이용하여 기계가 디자인한 것 같은 음악을 만들었다. 기하학적으로 구성된 〈The Model〉은 만난 적이 없는 사람에게 호소하는 이야기를 통하여 80년대의 우울과 단절을 반영하였다. 90년대에 레코드 여러 장과 두 개의 턴테이블과 마이크를 가지고, 비트에 맞춰 턴테이블의 바늘을 앞뒤로 움직이는 스크래칭을 이용하여 레코드로부터 멜로디와 리듬만 있는 소리 조각들을 뽑아내는 힙합이 탄생하였다. 아이스티는 범죄를 낭만적으로 노래하는 갱스터 랩을 만들었고 퍼블릭 에너미는 사회적 맥락이 결여된 아이스티의 랩에 반대하여 메시지가 살아 있는 직설적 랩을 만들었다. 로버트 딕스는 힙합이 클리셰가 되고 있다고 생각하고 8명의 친구를 불러 모아 무당파(武當派 : Wu-Tang Clan)를 결성하고 힙합의 주제에 고결함의 개념을 도입하였다. 더 세고 더 크고 더 빠른 음악의 방향으로만 갈 수는 없다고 생각하고 AC/DC는 장식이 없는 음악, 배운 척하지 않는 음악, 유치한 것을 미화하려 하지 않는 음악, 유머와 위트가 있는 음악을 만들었고 R. E. M.은 의도적으로 의미를 모호하게 웅얼거리며 노래하여 듣는 사람이 스스로 의미를 구성할 수 있게 하였다. 그러나 90년대에도 시애틀의 너바나는 불구가 되어버린 혁명에 대한 분노와 체념 사이에서 흔들리는 대중의 혼란과 불안을 씁쓸한 아이러니로 표현하며 주류에서 이탈하여 자기 고유의 음악을 집요하게 탐구하였다. 너바나의 커트 코베인은 90년대의 짐 모리슨이라고 할 수 있다.

듀크대학교 불문과 교수 월리스 파울리(1908~1998)가 랭보의 시 134편을 번역하여 1966년에 시카고대학 출판부에서 출간하였다. 그 시집을 읽은 짐 모리슨은 파울리 교수에게 감사 편지를 보냈다.

월리스 파울리 씨께

랭보를 번역해주셔서 감사합니다. 제 불어 실력이 신통찮아서

이런 책이 꼭 필요했습니다. 저는 록가수입니다. 교수님이 번역
하신 이 책은 언제나 저와 함께 있을 것입니다.*

도어스의 노래 59곡은 짐 모리슨이 작사했고 네 명의 멤버들이
같이 작곡했다. 짐 모리슨은 랭보의 시를 읽고 분석하여 자기 노
랫말의 모델로 삼았다. 16세에서 20세까지 4년 동안 랭보는 프랑
스, 독일, 영국, 벨기에를 떠돌며 그가 남긴 작품 전체를 써냈다.
1880년부터 10년 동안 그는 아프리카의 무역상사에서 일했고
1891년 11월에 마르세유의 콩셉시옹 병원에서 37세에 죽어 고향
샤를빌에 묻혔다. 짐 모리슨은 랭보를 이 세상의 타락을 정화하는
반항자라고 생각했다. 밥 딜런은 'Blood on the Tracks'라는 앨범
의 첫째 곡 〈You're gonna make me lonesome when you go〉
에서

Situations have ended sad

Relationships have all been bad

Mine've been like

---

* 월리스 파울리, 『번역의 시인 랭보와 짐 모리슨』, 이양준 옮김, 사람들, 2011, 42쪽.

Verlaine's and Rimbaud

끝나고 틀어진

우리 사이는

베를렌과 랭보처럼

엉망이 됐네

라고 노래했다. 1971년 5월 11일 아장바르에게 보낸 편지에서 랭보는 "시인이 되려면 강인해져야 합니다"라고 썼다. 끊임없는 탈주는 랭보 시의 주제이면서 동시에 도어스 음악의 주제였다. 그들의 강인한 정신은 이 세상의 빈곤과 비극을 바닥까지 꿰뚫어 보았다. 첫 곡 〈Break Through to the Other Side〉에서 마지막 곡 〈Riders on the Storm〉까지 짐 모리슨은 죽음과 섹스를 노래했다. 다른 편으로 뚫고 나아간다는 첫 곡은 죽음과 폭력의 위협에 굴복하지 않고 평화를 찾아 폭풍 속을 헤매는 끝 곡과 연결된다.

20살에 아이를 낳아 입양시키고 집을 떠나 뉴욕에서 노숙을 하다 서점 점원으로 취직하여 게이 사진작가 메이플소프와 동거하며 노래를 만든 패티 스미스는 16살 때 필라델피아 버스 역 가판대에서 랭보의 시집 『일뤼미나시옹』을 보았다. 책값 99센트가 없어서

용산고등학교 시절(왼쪽이 필자)

그 책을 훔쳤다. 표지에 있는 랭보의 오만한 눈빛에 반했기 때문이었다. "랭보를 읽으며 프랑스어라는 낯선 언어를 익혔다. 무슨 뜻인지 제대로 이해하지 못하면서 문장들을 집어삼켰다. 그를 향한 짝사랑은 이제껏 내가 겪은 어떤 감정보다 더 강하고 더 실제적인 것이었다."* 그녀는 26살에 랭보와 짐 모리슨의 묘지를 찾았다. 그녀는 짐 모리슨이 그녀의 어깨에 손을 얹어주는 느낌을 받았다. 하라르에서 구한 19세기의 유리 목걸이를 랭보에게 가져다주려고 1973년 10월에 그녀는 다시 랭보의 무덤을 찾았다. "나는 기도문을 외우며 묘비 앞에 놓인 묘석 구석에 하라르에서 구한 파란 구슬 목걸이를 묻었다. 랭보는 살아서 다시 하라르로 돌아가지 못했기 때문에 그에게 하라르를 상징하는 무언가를 가져다주고 싶었다"(『저스트 키즈』, 295쪽). 〈Wild Leaves〉의 마지막 절에서 그녀는 랭보의 정신이 살아 있다는 것을 이렇게 노래하였다.

As the campfire's burning

As the fire ignites

All the moments turning

* 패티 스미스, 『저스트 키즈』, 박소울 옮김, 아트북스, 2012, 39쪽.

In the stormy bright

Well enough the churning

Well enough believe

The coming and the going

Wild wild leaves

모닥불 타오를 때

그 불빛 휘황할 때

격렬한 빛 속에서

순환하는 순간들이

마구 소용돌이 친다

야생의 잎새들

한 치의 어긋남도 없이

푸르렀다 이울고

지곤 다시 솟아나고

라캉과
나

I.

정신분석에 대하여 한국어로 논의한 글은 김기림의 「프로이드와 현대시」(『인문평론』 1939년 11월호)가 처음이 아닌가 한다. 그 글에서 김기림은 무의식의 무시간성과 비논리성을 들어 무의식의 발견이 현대시에 새로운 영토를 제공하였다고 하고, 시에서 무의식의 무대를 구경하는 것은 흥미로운 일이나 무의식을 의식화하여 보편적 의미로 전달하게 하는 새로운 미학의 건설이 요구된다고 제안하였다. "전후 약 10여 년간 새로운 시가 정신분석학에 경도한 것은 너무나 열광적이었다. 남은 문제는 이 열광기에 해놓은 일들을 다시 냉정하게 계산함으로써 다음 세대가 상속하여야 할 값있는 부분만을 정리하는 일이다."(같은 책, 105쪽) 그러나 김기림은 프로이트의 무의식을 트로츠키의 영구혁명을 위한 동력으로 사용하려고 한 브르통의 초현실주의에 대하여 정확하게 이해하고 있지 않았고, 현대시에 영향을 준 정신분석의 내용이나 방법에 대하여 구체적으로 설명하지 않았다.

『사상계』 1959년 9월호의 특집, 「프로이트 사후 20년」은 이진숙의 「애정, 증오, 자책의 생애」(114~124쪽)와 윤태림의 「불멸의 저작 『꿈의 분석』」(136~145쪽)과 이동식의 「프로이트 이후의 정신분석학」(146~159쪽)으로 구성되었다. 프로이트가 현대의 중요한 사상가라는 것을 알리는 데는 기여했다고 하겠으나 정신분석의 내용과 방법에 대하여 체계적으로 논술한 글들이라고는 할 수 없다.

한국 최초의 정신분석 논문은 이동식(1920~2014)의 「단기 정신 치료로써 치유한 심인성(心因性) 두통 일례」일 것이다. 의과대학 2학년 학생을 1953년 4월부터 12회 상담하여 치료가 된 사례 연구인데 그 학생은 강의에 집중하지 못하고 옆에 앉은 친구의 공부를 방해하고 끝내는 학업을 계속할 수 없게 되었다. 그는 시골에서 서울에 올라와 동급생 집에 하숙을 했다. 그 동급생은 저보다 2살 아래인데도 공부를 자기보다 잘하였다. 이동식은 그 동급생의 공부를 방해했으면 병이 나지 않았을 것을 양심이 부당하게 미워하는 것을 용납하지 않았기 때문에 증오심이 무의식 속으로 밀려들어가서 엉뚱하게 옆에 앉은 친구에게 분풀이를 하다가 얻게 된 두통이라고 판단하고 "관대하고 허용적인 태도로 환자의 양심(초자아)을 줄이도록 힘쓰고, 환자에게는 남에게 싫은 짓도 할 줄 아는 것이 보통이고 자신의 정신위생상 필요하며 나쁜 짓이 아니라는 것을 납득시켜 이것을 계속 연습시키기에 노력(work through)하여 그를 치료했다"(『한국의 약』제3권 2호, 1960, 101쪽)고 기록했다. 이 논문의 결론은 다음과 같다.

이 일례는 저자가 처음으로 우리나라 환자에게 정신분석적 원리에 입각한 단기 정신 치료를 시행해서 성공하였으며 신경증의 원인과 증상 형성과 그의 의미를 잘 보여주고 있으며 한국인에도 서양의 정신분석 치료가 적용유효하다는 것을 일러주고 있다. 실제적 필요로서 신축성을 가지고 적시에 직접적 해석으로 단기치료가 가능하므로 일반정신과 외래 또는 학교훈육 보도부, 학교 보건소에 근무하는 정신 치료자가 제한된 시간 내에 치료해야 할 조건하에 있는 경우 이러한 단기적인 ego-oriented therapy(자아중심치료)의 적용 범위가 매우 넓다고 생각되며 많은 이용 가능성이 있다고 보아 추천하고 싶다.(같은 책, 101쪽)

이동식은 대구의학전문학교에서 수학하고(1938. 4.~1941. 12.) 경성제국대학 의학부 신경정신과 부수(副手, 1942. 11.~1945. 9.)와 서울대학교 의과대학 신경정신과 조교(1945. 10.~1950. 12.)로 근무하다 미국으로 건너가 뉴욕대학교 신경정신과 레지던트(1954. 7.~1956. 12.)를 하면서 동시에 뉴욕 윌리엄 앨런슨 화이트 정신분석 연구소에서 일반 학생으로 수학하고(1956. 1.~1956. 12.) 아이오와주 제로키 정신건강원(1957. 1.~1957. 6.)과 켄터키주 주립중앙병원(1957. 6.~1958. 6.)에서 의사로 근무하였다. 1958년 11월에 귀국하여 성북동에 동북의원을 개원하였다.

이동식은 『사상계』에 12차례에 걸쳐서 「정신의가 본 인생과 사회」를 연재하였다.

1. 「의처증과 의부증」(1963년 10월호, 290~296쪽)
2. 「사회노이로제의 시대」(1963년 11월호, 264~269쪽)

3. 「워드와 킬러의 심리학」(1963년 12월호, 284~289쪽)

4. 「노이로제와 친자관계」(1964년 1월호, 280~285쪽)

5. 「외국인과 우리의 주체성」(1964년 4월호, 226~231쪽)

6. 「노이로제와 부부관계」(1964년 5월호, 230~236쪽)

7. 「종교의 정신분석」(1964년 6월호, 249~255쪽)

8. 「노이로제에 걸린 학생들」(1964년 7월호, 219~225쪽)

9. 「꿈이란 현상과 노이로제」(1964년 8월호, 206~213쪽)

10. 「노이로제와 고부관계」(1964년 10월호, 233~241쪽)

11. 「내부독재와 패배의식」(1964년 11월호, 263~269쪽)

12. 「형제, 형수 관계와 노이로제」(1964년 12월호, 202~207쪽)

이동식에 이어 이부영과 조두영이 유학에서 돌아와 융과 프로이트의 이론과 방법을 본격적으로 한국에 소개하였다. 이부영(1932~)은 1959년에 서울대학교 의과대학을 졸업하고 1961년 융이 죽은 지 몇 달 후에 스위스 융 연구소에 유학하였다. 1966년에 융 학파의 분석가 자격을 얻고 1968년에 귀국하여 한국에 융의 학설과 분석 요법을 소개하기 시작하였다. 그는 1969년 1월 1일에 서울대학교 의과대학 전임강사가 되었고 1978년 4월 19일에 한국분석심리학회를 창립하였고 1998년 3월 1일에 한국융연구원을 개원하였다. 조두영(1937~)은 1961년에 서울대학교 의과대학을 졸업하고 미국 브루클린 유태인 병원에서 인턴(1965~1966)을, 그리고 코넬 대학 병원 정신과에서 레지던트(1966~1969)를 마치고 하이 포인트 병원(1969~1970)과 뉴욕 시립병원(1970~1974)에서 의사로 근무하였다. 1974년에 귀국하여 서울대학교 의과대학 교수로 재직하면서 프로이트의 방법을 치료에 본격적으로 적용하기 시작하였다. 그는 「이상 초기 작품의 정신분석―「12월 12일」을 중심으로 하여」(『신경정신의학』, 1977)를 비롯하여 김동인, 이상, 손창섭 등의 작품을 프로이트의 방법으로 분석하여 『프로이트와 한국문학』(일조각, 1999)이라는 저서를 출간하였다.

Ⅱ.

나는 1968년, 대학교 4학년 때 고려대학교 심리학과의 세미나에서 이동식의 강의를 듣고 이후 1973년까지 띄엄띄엄 수요일마다 서울대학교 철학과 연구실에서 모이는 이동식의 정신분석 세미나에 참석하였다. 이동식은 정신분석 이론이 아니라 주로 자신의 치료 경험에 대하여 이야기하였다. 이동식의 이야기를 거칠게 요약하면 다음과 같다. 모든 사람은 그의 행동 하나하나를 지배하는 핵심 감정을 가지고 있다. 그 핵심 삼성은 의존심과 적개심으로 구성되어 있다. 의존하고 싶은데 받아주지 않으면 증오하게 되는 것이므로 의존심과 적개심은 결국 같은 감정이다. 아이에게 적개심의 대상은 대체로 어머니나 아버지이다. 적개심을 표출하면 매를 맞을 것이기 때문에 아이는 적개심을 억압한다. 노이로제는 억압된 적개심이 일으키는 문제이다. 그리므로 치료는 적개심의 대상과 원인을 다시 느끼게 한 후에 적개심을 표출하게 하여 적개심의 수위를 낮추는 과정이 된다. 노이로제를 주도하는 핵심 감정을 자각하고 핵심 감정의 구성 요소인 적개심을 표출함으로써 단단하게 뭉쳐 있는 핵심 감정을 풀어지게 하는 것이 치료의 과정이라는 것이다. 핵심 감정이 풀어지면 의존심이 감소한다. 치료의 목표는 사랑을 받으려고 하지 않고 제가 할일을 공들여 하고 제가 갈 길을 부지런히 가는 사람이 되게 하는 데 있다. 이동식에 의하면 부처님은 노이로제가 없는 사람이다. 인간은 누구나 노이로제를 조금씩은 다 가지고 있으므로 의사와 환자는 부처님을 따라가는 수행의 동지가 되어야 한다.

　도 정신 치료는 도와 서양의 정신 치료의 융합이고 정신 치료의 궁극적인 목표다. 서양 정신 치료를 공부함으로써 도를 더 잘 이해할 수가 있다. 도를 공부하고 수도를 함으로써 정신 치료를 더 잘 이해하고 치료를 잘할 수 있다. 수도는 스승의 도움으로 자신의 마음을 봄으로써 핵심 감정 또는 사랑과 미움을 벗어나는 것이지만 주로 자기 자신이 해야 한다. 가장 좋은 길은 좋은 치료자를 만나서 자신의 핵심 감정을 자각하고 정신 치료와 수도를 병행을 하거나 정신 치료 후에 수도로 넘어가는 것이다. 도와 정신 치료를 합친 것이 도 정신 치료다. 정신분석에서 말하는 완전한 중립성(neutrality)은 완전한 정심(淨心)이고 공(空)이고 자비심이다.*

나는 1971년에 마르쿠제의 『에로스와 문명』을 번역하여 1972년에 지금은 없어진 '왕문사'라는 출판사에서 출간하였다. 고려대학교 아세아문제연구소에서는 외국에서 온 학자에게 대학원생 하나를 붙여서 한 학기 동안 한국어를 가르치고 한국 생활을 안내하게 하였는데 내가 맡은 사람은 말은 서툴지만 글은 읽을 수 있다고 하며 신문 사설을 같이 읽자고 하였다. 신문에서 당시 독일 학생들이 데모를 하면서 3M이라고 하여 마르크스-마오쩌둥-마르쿠제를 외

---

* 이동식, 『도 정신 치료 입문』, 한강수, 2008, 30쪽.

친다는 기사를 보고 그에게 『에로스와 문명』을 구해달라고 부탁하였다. 읽어보니 에로스와 타나토스의 구별에 근거하여 기본 억압과 과잉 억압의 구별을 이끌어내고 다시 과잉 억압에 근거하여 위대한 거절을 유도해내는 마르쿠제의 논리가 내게는 적개심을 표출해야 한다는 이동식의 주장과 크게 다른 것으로 생각되지 않았다. 이 책을 번역한 후에 마르크스에 대해서도 관심을 가지게 되어 일본인 유학생들을 통하여 일본 마르크스 경제학자들의 저서들을 모으기 시작하였다. 그 가운데 지금까지 가지고 있는 책은 우노 코조(宇野弘藏, 1897~1977)의 『경제원론』(岩波書店, 1964)과 오키시오 노부오(置塩信雄, 1927~2003)의 『축적론』(筑摩書房, 1967)이다. 원리론과 단계론을 구별한 우노로부터는 사고 방법의 기본을 배웠고 마르크스 계량경제학을 체계화한 오키시오로부터는 수학 공부의 중요성을 배웠다고 할 수 있다.

이동식은 내가 번역한 『에로스와 문명』을 읽은 후에 집단 형성의 근거를 에로스에 설정하고 도덕의 근거를 타나토스에 설정한 마르쿠제의 도식이 틀렸다고 지적하였다. 핵심 감정을 자각하는 주체는 어디까지나 느낌이므로 생각은 철저하게 배제해야 하는데 도식을 만들어 스스로 개념의 감옥에 갇혀 있으니 마르쿠제는 정신분석을 전혀 모르는 사람이라는 것이었다. 프로이트의 용어를 그대로 보이기 위해서 그 도식의 중요한 부분*을 독일어본에서 인용하여 제시하면 다음과 같다.

Eros Vereinigung von Keimzellen	Sexualität Organisierter Eros Sublimierung usw	Gruppenbildung
		Herrschaft über Mensch und Natur
Sterben nach Rückkehr ins Anorganische	externalisierte und internalisierte Aggression	Moral
	Todestrieb;Zerstö- rungstrieb Nirwanaprinzip	

마르쿠제가 분석가가 아니라는 데에는 나도 동의하였으나 나는 이동식의 정신 치료도 프로이트의 정신분석과는 다른 방향으로 가고 있는 것은 아닌가 하는 의문이 들었다. 그러나 나는 이러한 의문을 해결하지 못하고 정신분석 공부를 중단하게 되었다. 나는 1974년에 경상대학교 국어교육과 전임강사가 되어 진주로 내려갔

＊ Herbert Marcuse, *Tribstruktur und Gesellschaft*(Frankfurt am Mein: Suhrkamp, 1971), 136쪽.

는데 학과의 사정상 전공이 아닌 한문을 가르치게 되었다. 전공하지 않은 과목들을 가르치려니 예습하는 데 시간이 많이 들어 다른 책을 읽을 여유가 없이 5년을 보냈다. 1979년에 서울로 올라와 다시 문학비평론과 현대문학사를 가르치게 되었다. 동북의원의 수요세미나에도 다시 나갔는데 이동식은 제자들과 함께 『대승기신론』을 읽고 있었다. 1980년에 고려대학교 기숙사 사감이 되었고 1980년 5월 사태를 처음 생긴 기숙사에서 겪었다. 당시에 고려대학교에는 포상 휴가처럼 교수와 직원 중에 몇 사람을 뽑아서 한 달씩 미국에 보내주는 제도가 있었다. 사감장의 부탁으로 반년을 더하여 1년 반을 기숙사에서 근무하고 나니 사감장이 주선했는지 모르겠으나 나도 1982년 여름방학에 미국에 갈 기회를 얻었다. 한 달 동안 하버드대학 기숙사에 있으면서 윌리엄 제임스 도서관과 대학 주변 책방에서 정신분석 책들을 복사도 하고 구입도 하였다. 특히 캐나다 퀘백 출신 심리학과 대학원생에게서 라캉에 대하여 듣고 그때 막 영문으로 번역되어 나오기 시작한 라캉의 책들을 모아보았다. 헌책방에 마르크스의 책들이 많이 있었으나 혹시 한국 세관에서 압수될까 두려워 사지 못하고 책의 수집을 정신분석 분야에 한정했다. 30여 권의 책을 구입하여 복사한 자료와 함께 소포로 서울 집으로 부치고 돌아왔다. 그 가운데 라플랑슈와 퐁탈리스의 *The*

Language of Psycho-Analysis(Tr. Donald Nicholson-Smith, New York: W. W. Norton&Company, 1973), 라캉의 *Écrits*(Tr. Alan Sheridan, New York: W. W. Norton&Company, 1977)와 *Speech and Language in Psychoanalysis*(Tr. Anthony Wilden, Baltimore: Johns Hopkins University Press, 1968), 르메르의 *Jacques Lacan*(Tr. David Macey, London: Routledge&Kegan Paul, 1977), 뮬러와 리처드슨의 *Lacan and Language* (New York:International Universities Press, 1982), 가디너의 *The Wolf-man* (New York: Basic Books, 1971) 같은 책들은 요즘도 들춰볼 때가 있다.

이 책들을 한 권 한 권 읽어나가면서 나는 몇 가지 의문에 부딪혔다. 특히 가디너의 『늑대인간』(Gardiner, 1971)을 읽고 나서 이동식의 치료 방법에 대하여 의문점을 가지게 되었다. 늑대인간에게 일어난 실제적 사건들과 상상적 사건들을 시간 순서로 간추려 검토해볼 때 그 사건들의 핵심에는 감정(적개심)이 아니라 남근이 있다고 생각되기 때문이었다. 늑대인간은 1886년 크리스마스에 러시아에서 태어났다. 1년 6개월에 학질을 앓던 그는 부모의 방에서 잠들었다가 오후 다섯시경에 깨어 아버지와 어머니가 성교하는 것을 보았다. 그들의 자세는 후배위(後背位)였다. 그는 똥을 쌈으로써 그들의 성교를 방해하였다. 2년 6개월에 하녀 그루샤가 엎드려서 마루를 닦고 있었다. 그는 그루샤의 자세에서 어머니의 자세를 연상하고 오줌을 누는 것이라고 생각한 아버지의 자세처럼 하고 방안에 오줌을 쌌다. 3년 3개월에 누나가 그의 다리를 Ⅴ자 모양으로 벌리고 "나냐도 정원사와 이렇게 한다"고 말하면서 그의 성기를 잡고 장난하였다. 4살에 늑대 꿈을 꾸었다. "밤이었다. 나는 침대에 누워 있었다. 창 앞에는 호두나무가 있었다. 갑자기 창문이 저절로 열렸다. 나는 호두나무 위에 앉아 있는 예닐곱 마리의 늑대들을 보았다. 늑대들의 모양은 여우 또는 개와 비슷하였다. 여우처럼 긴 꼬리를 가지고 있었고, 양을 지키며 어떤 소리를 주의 깊게 들으려고 쫑긋거리는 개의 귀처럼 빳빳이 선 두 귀를 가지고 있었다. 나는 늑대에게 잡아먹힐 것 같아서 무서움에 떨며 잠을 깨어 유모 나냐를 불렀다." 이 꿈은 「늑대와 일곱 마리의 새끼 양」과 「빨간 모자」와 같은 늑대들이 사람을 잡아먹는 이야기와 연관된다. 이 꿈을 해석하는 도중에 늑대인간은 꿈의 일부를 수정하였다. 그는 "창문이 저절로 열렸다"를 "나의 눈이 스스로 떠졌다"로 고치고 "늑대들이 나를 보고 있었다"를 "내가 무엇을 보고 있었다"로 고쳤다. 늑대들의 뾰족한 귀는 $\Lambda\Lambda$ 모양이었는데 이것은 다리를 벌린 모양(V)과 관계되어 있으며 부모의 성교 장면을 본 시계 판의 다섯(Ⅴ)

시와도 연관되어 있다. 누나가 보여준 동화집 속의 「빨간 모자」에는 한 발을 들고 서 있는 늑대가 그려져 있었는데 이것은 아버지의 발기된 성기를 기억하게 하였다. 이 무렵에 그는 나비공포증에 걸렸다. "그는 커다란 나비를 뒤쫓아가고 있었다. 그 나비는 노란 줄무늬가 있는 날개를 가지고 있었다. 나비가 꽃에 앉았을 때 그는 갑자기 나비에 대한 격렬한 공포에 사로잡혀서 소리를 지르며 달아났다." 노란 줄무늬 날개는 러시아 말로 그루샤라고 하는 노란 줄무늬를 가진 배와 관련되고, 그루샤라고 하는 과일은 그루샤라는 이름의 하녀와 관련된다. 날개가 열렸다 닫혔다 하는 운동은 최초의 장면에서 어머니가 보여준 다리의 운동과 관계된다. 5살에 그는 손가락이 잘라지는 환각을 보았다. "그는 나냐와 함께 정원에 있었다. 그는 주머니칼로 나무껍질을 베어내었다. 그는 갑자기 그의 손가락이 잘라져서 얇은 피부만 남아 손에 매달려 있는 것을 보았다. 피는 나오지 않았다. 그는 하도 무서워 나냐에게 한마디 말도 못하고 가만히 앉아 있었다. 한참 있다가 손가락이 그대로 있는 것을 알았다." 사춘기에 무릎을 꿇고 엎드려 있는 여자만 보면 그는 제어할 수 없는 흥분을 느꼈다. 그것은 일종의 연물증(戀物症)적 유혹이 되었다. 이것은 최초의 장면이 그의 생활 전반에 영향을 미치고 있다는 증거가 된다.

적개심을 표출하여 핵심 감정을 풀어버리는 것이 치료라면 늑대 인간의 적개심은 아버지 어머니 누나 유모 하녀 중에서 누구를 향하고 있는 것이며 적개심의 이유는 무엇인가? 최초의 장면과 핵심 감정은 어떻게 연관되어 있는 것일까? 생각을 하면 안 된다고 하지만 생각하지 않는 분석이 가능한 것일까? 자연과학은 아니라고 할지라도 정신분석도 일정한 훈련을 거친 보통의 직업적 전문가가 연구하고 이용할 수 있는, 넓은 의미의 과학이 되어야 하는 것은 아닐까? 그러다가 『대승기신론』에 대한 이동식의 해석이 무의식을 실재계에 배정하고 있다는 것을 알고 나서 나는 공부의 방향을 라캉 쪽으로 전환하게 되었다. 이동식은 업식(業識)과 전식(轉識)과 현식(現識)을 무의식에 배정하고 지식(智識)과 상속식(相續識)을 의식에 배정하였다.*

unconscious	activating mind evolving mind reproducing mind
conscious	analytical mind continuing mind

---

*이동식, The Tao and Empathy: East Asian Interpretation, 『도 정신 치료 입문』, 한강수, 2008, 513쪽.

이렇게 보면 무의식이 따로 원래부터 있었고 무의식에서 후에 의식이 발생하는 것으로 정신현상을 해석하게 될 우려가 있다. 나는 라캉을 읽으면서 의식과 무의식은 동시에 발생하는 것이며 동물에게는 무의식이 없고 인간에게만 무의식이 있다고 생각하게 되었다. 그동안 모은 책들을 집중적으로 읽고서 그러한 나의 생각을 정리한 논문이 『세계의 문학』 1985년 가을호(267~308쪽)에 실린 「언어와 욕망 : 라캉의 구조주의 정신분석에 대하여」였다. 이 글을 발표한 후에 프랑스와 일본에 유학하던 후배들이 불어본, 일어본 『에크리』를 비롯한 관련 서적들을 구해주어 훑어보면서 내 능력으로는 한 걸음도 더 나가기 어렵다는 것을 절감하였다. 나는 전공을 바꾸어 라캉만 공부하거나 아니면 라캉 공부를 그만두어야 하겠다고 생각하고 한동안 고민하다가 능력이 안 되는 일에 기력을 탕진하지 말자고 결정하였다. 라캉 공부를 포기한 지는 오래되었으나 나는 아직도 라캉이 걸어온 길이 정신분석의 정도라고 믿고 있다.

Ⅲ.

무의식을 실재계에 설정하는 것은 라캉의 위상학에는 어긋나는 배정이다. 무의식의 자리를 설명하려면 먼저 정신분석에 반대하는 자아심리학에 대하여 언급하지 않을 수 없다. 초자아의 도움을 받아 이드를 통제하는 것이 자아의 역할이라는 규정이 자아심리학의 자아 개념이다. 프로이트 전집에 자아심리학으로 해석할 수 있는 여지가 보이는 글들이 있는 것은 사실이지만 전집의 기조는 관념보다 실재를 강조하는 방향으로 흐르고 있다고 보아야 한다. 자아가 자아이상 대신 초자아를 선택함으로써 모든 심리 문제를 피할 수 있다고 하는 자아심리학은 프로이트를 인용하고 있음에도 불구하고 무의식을 무시하는 도덕주의이다. 무의식을 부재하는 것으로 처리하거나 무의식에 어떠한 역할도 맡기려 하지 않거나 아주 미미한 역할만 하게 하는 것이 자아심리학의 특징이다. 무의식의 두 극을 자아이상과 초자아로 설정하고 자아이상이 우세한 부정적 경우와 초자아가 우세한 긍정적 경우를 구별하는 자아심리학은, 기가 이보다 우세한 부정적 경우와 이가 기보다 우세한 긍정적 경우를 구별하는 성리학과 유사한 사고 패턴을 드러내며 결국은 자아가 무의식을 통제할 수 있다는 결론에 도달한다. 라캉은 충동을 자아보다 저급한 것으로 보거나 자아가 충동을 승화시켜야 한다고 말하지 않는다. 욕망을 제거한다는 것이 불가능할 뿐 아니라 욕망을 약화시키면 치료도 불가능해진다. 주체 안에는 충동의 층위가 있으므로 충동을 피한다는 것은 애초에 불가능하다. 환자가 할 수 있는 것은 충동의 층과 다른 관계를 구축할 수 있는 방식을 찾는 것뿐이다. 그러나 라캉은 융이나 마르쿠제 같은 사람들이 하듯이 정신분석 안에서 삶의 방식을 찾으려 하지 않는다. 환자의 자아가 의사의 자아보다 약하다고 말할 수 없으며 자아를 강화하는 것이 치료의 목적이라고 말할 수도 없다. 과잉 억압을 초래하는 것은 언제나 과도하게 강화된 구조이기 때문이다. 오히려 분석의 목적은 자아의 경직된 성향을 유연하게 풀어놓는 데 있다. 자아의 경직성이 너무나 많은 것을 우리의 마음에서 추방(억압)하고 있기 때문이다. 그리고 무엇보다 분석이란 속에서 끄집어내는 것이지 밖에서 무엇을 가지고 들어가는 것이 아니다. 자아심리학은 도덕을 전제하고 도덕을 가지고 들어가기 때문에 엄밀한 의미에서 볼 때 정신분석이라고 할 수 없다.

환자의 자아와 분석가의 자아가 만나는 공간은 영상계를 축으로 하여 구성되고 주체로서의 환자와 타자로서의 의사가 만나는 공간은 상징계를 축으로 하여 구성된다. 분석의 상황은 자아 대 자아의 이자 관계가 아니라 거기에 주체와 타자가 참여하는 사자 관계이다. 브리지에서 게임을 하지 않고 패를 내주기만 하는 사람을 더미

(dummy)라고 한다. 분석가는 자아의 위치에서 듣지 않고 더미 위치에서 듣는다. 분석가는 자신의 위치를 타자의 차원에 두어야 한다. 타자란 특정 언어를 구성하는 모든 기표의 가설적 집합을 말한다. 분석가는 자기의 자아와 개성과 감정이 타자의 위치를 점유하는 데 방해가 되지 않도록 감정을 한쪽으로 밀어내고 항상 배면에 머물러 있어야 한다. 자아(das Ich)가 없는 주체(Ich)란 있을 수 없으나 분석의 상황에서 분석가는 자아 없는 주체(Ich ohne das Ich)라는 불가능한 목표를 설정하고 작업한다. 주체에게는 자기의식이 없다. 무의식의 주체에게는 자아=자아이상=타자의 영상이 존재하지 않으므로 자기의식도 존재하지 않는다. 무의식은 우리가 그것에 대하여 아는 것이 아니고 우리에게 알려지는 어떤 것이다. 무의식은 주체가 의식하지 못하는 사이에 주체에 기록된다. 무의식은 우리가 능동적으로 파악할 수 있는 것이 아니라 우리가 수동적으로 기록당하는 것이다. 주체는 자기의식에 대해 말할 수 있게 하는 자아이상이나 이상자아로부터 멀리 떨어져 있다. 자아이상은 타자가 바라는 이상이고 타자가 가지는 이상이고, 타자가 준 이상이고, 타자로부터 받은 이상이다. 요컨대 그것은 타자에 의해 요청된 의미이고 타자에 의해 결정된 의미이다. 영상계의 거울단계를 거치면서 자아는 고정되고 완성된다. 그러나 주체가 타자가 요청

하는 의미로 고정되면 그의 존재는 상실되고 소외된다. 자아는 주체가 아니라 겉보기만의 개성을 찍어내는 거푸집이다. 개성이 배경으로 물러날 때 분석가는 타자의 역할을 맡을 수 있게 된다. 분석가는 지금 여기 나타나는 영상들뿐 아니라 겉으로 드러나지 않는 상징계의 관계 구조를 파악하려고 해야 한다. 자아와 자아, 신체와 신체의 이자 관계를 중요하게 다루면 분석가의 견해를 환자에게 강요하는 경우가 생기게 된다. 두 사람이 상대방을 서로 타자의 상징이 아니라 경쟁자의 영상으로 간주하기 때문이다. 감정을 바탕으로 대상을 해석하는 것이 영상계의 특징이다. 정동은 분석되지 않으므로 지성과 분리된 정동만으로는 분석에 도움이 되지 못한다. 정동을 말보다 더 현실적인 것이라고 보는 것은 사실에 맞지 않는다. 일시적인 감정의 표출은 치료에 아무런 효과도 내지 못한다. 모든 것이 영상계로 환원되지 않도록 다른 어떤 공간을 열어놓아야 한다. 상징계의 축을 함께 고려할 때에만 영상계의 상호성에 객관성이 도입된다. 우리가 욕망하는 것은 타자에게 욕망되는 것이다. 모든 사람이 타자의 욕망에 대하여 그 원인이 되고 싶어한다.

라캉은 타자의 욕망을 나타내는 기표를 남근이라고 했다. 남근은 남성 우월 또는 여성 멸시와는 전혀 무관한 개념이다. 남편은 아내를 위한 남근이 되려고 하고 아내는 남편을 위한 남근이 되려고 한다. 남근은 정적이고 수동적인 소유의 개념이 아니라 동적이고 능동적인 생성의 개념이다. 남근 되기는 혹시 가능하다고 볼 수 있을지 모르나, 남근 가지기는 절대로 불가능하다. 남근은 신체의 극점에 위치하므로 남근에는 분리의 환상을 빚어내는 경향이 있다. 남근은 기표의 집합에 속하지 않는다는 점에서 예외적인 기표이다. 남근은 실제의 성기가 아니라 하나의 추상적 기표이다. 그러나 그것은 언어와 관련을 맺으면 무너져버리는 맹목적인 기표이다. 꼿꼿이 발기하는 힘, 침투하는 능력, 빈 공간을 채우는 기능에 의하여 남근은 결여의 부재라는 상징적 의미를 나타낸다. 발기하는 기관은 그것의 형태 때문이 아니라 욕망의 출현과 결합된 상징적 의미 때문에 향유의 자리를 차지하게 된다. 분석의 과정에서 중요한 것은 아무도 이처럼 신비로운 남근을 소유하고 있지 않다는 사실을 환자가 받아들이는 일이다. 무한히 유연한 영상계는 신체의 민감하고 움푹한 부분이나 꼿꼿이 일어서는 부분에 관한, 온갖 종류의 산 경험과 연관되어 있다. 산 경험은 영상계 안에서 감각과 정동과 개념의 인지 착오에 예속되어 있다. 끊임없이 존재의 결여 안에 자기의 자리를 마련하는 남근의 의미를 우리는 결코 확실히 알 수 없다. 남근이 하나의 기표라는 사실은 그것이 대타자(상징계) 안에 있음을 나타낸다. 남근은 대타자의 욕망에 가려져 있기 때문에 우리가 인지할 수 있는 것은 대타자의 욕망뿐이다. 우리는 여기서 건강한 성관계를 생각하기가 어째서 그토록 어려운가를 이해할 수 있다. 그 이유는 남근이 상상계의 인지 착오에 예속되어 있다는 데 있다. 그러나 치료 과정에 있는 환자들에게 일반적으로 나타나는 거세의 경험과 대응시키기 위해서는 어머니로부터의 분리를 남근과 연관지을 수밖에 없을 것이다. 분석의 사례들이 보여주는 것은 정상적인 사람에게서나 비정상적인 사람에게서나 거세가 욕망을 지배하고 있다는 사실이다. 남근은 상징적 거세의 이전과 이후를 구별하게 하는 하나의 계사이고 하나의 붙임표이고 발기의 덧없는 소실로 상징되는 불가능한 동일성의 지표이다. 그것은 존재자(ens)가 아니라 존재(esse)이다. 라캉은 「남근의 의미」라는 논문에서 남근이란 기표는 기표와 기의의 무관함을 나타낸다고 말했다.

우리는 신경증·도착·정신병의 증상에 비추어 무의식의 거세 콤플렉스가 개인 역사의 매듭으로 기능함을 알고 있다. 그러나 거세 콤플렉스가 치료 과정에만 나타나는 것은 아니다. 거세는 그것이 없으면 그가 그의 성의 이상적 형태와 동일시할 수 없게 되거나, 이러한 관계로 생산될 어린아이를 만족스럽게 받아들일 수 없게 되는 무의식적 발달의 척도이다.*

욕망과 언어가 양립하기 어려울 때, 말하고자 하는 것을 말로 전달하지 못할 때 영상이 지배한다. 실재계의 장벽이 또한 상징화에 저항한다. 영상계에서는 남근의 위치가 불확실하게 유동한다. 남근은 상징계 속에서만 타자의 욕망을 나타내는 기표가 되고 타자의 욕망을 환기하는 원인이 된다. 상징계(대타자)에서 여성의 자리는 남근의 자리와 동일하다. 비슷한 아무것도 가지고 있지 않다는 사실이 반대로 남근의 상징화를 가능하게 하는 것이다. 상징계는 인간의 욕망에 내재하는 역설을 설명할 수 있게 해주는 공간이다. 주체가 원하는 것을 타자에 의하여 주체에게 요청되는 것으로부터 떼어놓으려면 무엇을 해야 하는가를 말해줄 수 있는 기표가 부재한다는 결여를 용인해야 한다. 타자의 욕망과 다른 어떤 것이 되기 위해 욕망은 부재를 수락해야 하며 타자가 말하는 것을 보증할 수 있는 근거(신)가 결여되어 있다는 사실을 인정해야 한다. 만일 신

---

*Jacques Lacan, *Écrits* (Tr. Bruce Fink, New York: Norton, 2006), 575쪽.

으로 대표되는 보편 법칙이 있다면 모든 사람이 그것을 따라가기만 하면 되므로 새로움이 출현할 수 없게 될 것이다. 물론 신을 창조의 원리로 설정하는 것도 불가능한 일은 아니다. 그러므로 상징계는 신이 존재하는 공간이며 동시에 신이 부재하는 공간이다. 타자화되는 것은 수동성에 머무르는 것이고 타자화에 거역하는 것은 자발성을 실현하는 것이다.

주체의 벡터와 언어의 벡터가 교차하는 자리에서 무의식의 자리인 대타자(상징계)가 태어난다. 주체는 자신이 인식하지 못하는 지식을 바탕으로 하여 행동한다. 지식은 주체를 필요로 하지 않는다. 정신분석은 무의식=대타자=상징계를 구축하고 있는 지식을 탐구하는 과학이다. 무의식은 원시적인 것이나 본능적인 것이 아니고 의식을 초월하는 것이 아니다. 정신분석에서는 알고 있는 주체가 존재하지 않는다. 주체는 기표의 운용 방식에 대하여 알 수 없다. 주체는 기표의 효과일 뿐이다. 자아와 대상이 영상계를 구성하는 요소라면 무의식적 주체와 대타자는 상징계를 구성하는 요소이다. 지식이란 현상을 일정한 단위에 따라 끊어서 그 끊어낸 요소들을 공간에 배치한 것이다. 파동의 연속인 소리를 궁상각치우로 끊으면 각 요소가 반복될 수 있고 결합될 수 있다. 그렇게 해서 구성된 것이 지식이고 상징계의 표면을 구축하고 있는 것이 그러한 지식들이다. 그러나 현상 전부를 단위로 끊어낼 수 있는 것은 아니다. 끊어내고 잘라낼 수 없는 것들이 무의식을 구성하며 무의식의 자리를 대타자 또는 상징계라고 부른다. 반복된다는 것은 끊어놓은 것을 구축하고 해체하고 다시 구축하고 하는 일이 가능하다는 것이다. 반복되는 것은 모두 공간에 배치할 수 있고 지식체계로 만들 수 있다. 무의식은 끊어내서 그 요소들을 반복해서 동일하게 결합할 수 없는 것이지만 무의식 현상 가운데는 물리학이나 경제학과는 다른 방식으로 끊어져나오는 것이 있다. 정신분석은 그렇게 끊어져나온 무의식 현상들을 공간에 배치하는 작업이다. 그러므로 우리는 정신분석을 지식의 과학이 아니라 무지의 과학이라고 부를 수 있다. 자료를 끊어서 공간에 배치하고 자료 속에서 체계와 법칙을 찾는다는 점에서 그것은 분명히 과학이지만, 물리학이나 화학처럼 실험을 하지 않고 경제학이나 심리학처럼 통계를 사용하지 않는다는 점에서 정신분석은 아주 특별한 지식이다. 정신분석은 영상계와 상징계라는 위상공간에 대하여 연구하는데 영상계는 영상이 통하는 공간이고 상징계는 언어가 통하는 공간이다. 영상계에서도 대상과 자아가 구별된다. 대상이란 저항하는 것이기 때문에 환상 대상이라고 해도 자아에 완전히 동화되지는 않기 때문이다. 물질과 의식이 신체 속에 엉겨 있다가 이미지가 나타나면 자아와 대상이 분리되어 나간다. 그러나 어디서나 거리가 유지되지 않기 때문에 자아와 자아, 대상과 자아는 여전히 흐리멍덩하게 붙어 있다. 영상은 신체에 밀착해 있는 것이어서 신체로부터 떨어져나와 존재하는 상징과 구별된다. 외부 대상을 신체의 감각으로 파악하는 것이 영상이고 신체와 떨어져서 규정하는 것이 상징이다. 영상계에서 우주는 이미지의 총체로 나타난다. 신체에 밀착되어 있으므로 자아와 자아, 자아이상과 환상 대상은 명확하게 구별되지 않고 끊임없이 서로 위치를 바꾼다. 영상은 직접적이지만 언어는 간접적이다. 언어는 신체로부터 떨어져나갔다가 다시 돌아와서 자기에게로 가는 반성을 가능하게 한다. 상징이란 누구나 알다시피 다른 어떤 것을 대표하는 어떤 것이다. 먹어서 배가 부른 밥은 물질로 된 밥이고 눈으로 볼 수 있으나 아무리 보아도 배가 부르지 않은 빵은 언어로 된 빵이다. 언어는 대체로 물질의 성질에 따라 끊어져나오는 물질의 요소들을 대표하지만 마이너스 1의 제곱근처럼 언어는 있으나 언어에 대응하는 물질이 없는 경우도 있다. 과학이 나오면 체계가 억압한 것이 무의식을 형성한다. 인간이 없어진다면 수도 없어지겠지만 수 자체는 자동적인 질서이므로 인간의 의지와 무관하게 스스로 체계를 구성한다. 욕망이 수와 부딪치면 우연성이 발생한다. 필연과 우연, 가능과 불가능, 존재와 무가 모두 상징계에서만 통하는 전형들이다. 선택의 긍정적 측면을 가능이라 하고 부정적 측면을 우연이라고 한다. 존재와 무에 연결시켜본다면 무에 대한 존재의 가능성을 이야기할 수도 있다. 이때의 무는 어디까지나 상대적이고 부분적인 무, 즉 단위가 없는 소리의 파동을 궁상각치우라는 단위로 끊어내는 데 개입하는 개념으로서의 무이다. 어떤 체계든지 일관성을 유지하고 모순을 피하려면 존재와 모순되는 무를 설정해야 한다. 마이너스 1의 제곱근이 상징계에 존재하듯이 무도 상징계 안에서만 존재할 수 있다.

실재계는 강력한 힘으로 상징계에 개입하고 있지만, 모순을 감싸안고 있어서 어디부터 어디까지가 운동이고 어디부터 어디까지가 정지라고 시작과 끝을 구별할 수 없는 것이다. 기본적으로 실재계는 무한정자이기 때문에 의식 현상이 그 안에 저장되지 않는다. 상징계의 바탕에 애초부터 스며들어 상징계와 겹쳐져 있는 실재계는 차이와 반복의 체계인 상징계의 불연속성을 끊임없이 해체한다. 인간에게 우주는 고정될 수 없이 방황하는 무한정자거나 영상이거나 상징으로서 존재하는데 무한정자와 영상과 상징은 매 순간 교차된다. 수학과 물리학과 경제학은 모두 물질에 근거하는 전형

(언어)의 체계들이라고 볼 수 있다. 언어도 물질이라고 할 수 있으므로 우리는 물질과 그것을 표상하는 물질의 대응이라고 바꾸어 말해도 될 것이다. 언어는 항상 물질의 어떤 성격을 받아들여서 분리하고 분류한다. 그런 의미에서 물질을 언어의 타자라고 할 수 있을 것이다. 물질은 모두 파장으로서 진동하고 있기 때문에 물질을 끊어내는 언어는 물질의 일부만 표상할 수밖에 없을 것이다. 비록 일부라고는 하더라도 표상한다는 것은 다시 나타날 수 있다는 의미이고 반복해서 나타날 수 있으므로 그 표상을 사용해서 체계를 구성할 수 있다. 일회적인 느낌의 뉘앙스는 표상이 되지 못한다.

이미지로 포착할 수도 없고 전형으로 파악할 수도 없는 물질의 진동을 우리는 실재계라고 한다. 영상계가 자아, 환상대상, 이상자아(신화적 자아) 등이 활동하는 공간이라면 상징계는 주체, 대타자(무의식), 자아이상 등이 활동하는 공간이다. 억압된 것들이 무의식이 되기 때문에 무의식의 형성은 전형의 형성과 동시에 병행될 수밖에 없다. 실재계는 영상도 없고 전형도 없는 차원이다. 영상계와 상징계는 공간이라고 할 수 있는 것들이지만 실재계는 공간이라고 하기 곤란한 것이다. 물질이 잘라져서 자료가 되고 두 개 이상의 자료(sense data)가 나올 때 비로소 공간이 나온다. 실재계는 그것으로부터 인간이 공간을 만들어내는 공간 이전의 아페이론(apeiron)이라고 해야 할 것이다. 물질은 무한정자로서 실재계에 존재하면서 이미지로서 영상계에 존재하고 단위를 가진 자료로서 상징계에 존재한다. 기하학적 방법으로 모든 것을 정리할 수 있다고 믿고 기하학적 공간에 모든 것을 넣을 수 있다면 정신분석은 성립할 수 없게 될 것이다. 정신분석은 공간 표상으로 나타낼 수 없는 실재계를 파악할 수 없는 것으로서 설명하려고 한다. 대수의 미지수와 같으므로 그것을 미지계라고 하는 것이 온당할 것이다. 그것은 규정할 수 없고, 한정할 수 없는 것, 즉 아페이론이다. 실재계에는 의식도, 무의식도, 언어도, 이미지도 존재하지 않는다. 영상계와 상징계는 동일한 공간이 아니라 차원을 달리하면서 겹쳐지는 위상공간이다. 상징계가 기하학과 무의식으로 갈라질 때 기하학의 형성에 쉬지 않고 장벽을 만들어 세우며 방해하는 것이 실재계이다. 가장 큰 타자는 물질과 공간이다. 그러므로 한정할 수 없는 물질을 실재계에 두고 과학과 무의식이 공존하는 상징계를 대타자라고 부르는 것이다. 실재계를 아페이론이라고 한다면 무의식의 자리인 대타자(상징계의 다른 이름)는 형상인이면서 동시에 운동인(＝작용인＝동력인)이라고 할 수 있을 것이다. 끊어내는 것도 이어주는 것도 사실은 모두 작용자로서의 무의식이 하는 일이다. 우리는 운동 자체를 파악할 수 없다. 우리는 운동이 공간에 접촉하는 측면을 파악할 수 있을 뿐이다. 공간에 접촉되는 부분을 정적으로 끊어내서 공간에 배치함으로써 운동을 파악할 수 있듯이 우리는 담화를 뚫고 나와 담화로 배치되는 무의식만을 담화의 공간에 반영시켜서 분석할 수 있다. 무의식을 밖에서 잡을 수 없으니까 발화된 무의식을 통해서 그것을 해석해보는 것이다. 무의식은 운동이므로 자를 수 없고 공간에 배치하여 체계를 끌어낼 수 없다. 걸으면 위치가 변하듯이 운동은 변화를 일으킨다. 무의식은 끊임없이 운동하기 때문에 정신분석의 체계는 그에 따라 항상 새롭게 쇄신되지 않을 수 없다. 반성이 기억을 보존하여 기억에 동시성을 부여하면 공간이 출현한다. 미래는 아무것도 주어져 있지 않으므로 지각의 대상이 되지 않는다. 그러나 무의식의 운동이 엉겨 있는 기억을 미래로 끌고 간다. 무의식의 운동에는 매 순간 원(願: Che vuoi?, What do you want?)이 개입하여 운동인을 수동성의 상태에서 능동성의 상태로 변형한다. 기억이 흘러가는 대로 내버려두지 않고 기억에 거역하는 기억을 가져온다. 무의식 때문에 인간은 어떠한 경우에도 절대적 수동성으로 들어갈 수 없다. 양자들도 진동하는 파장이지만 우리는 그것들의 운동에서 반복이 가능한 규칙을 끌어낼 수 있다. 그러나 무의식에는 일관성이 없으므로 정신분석은 논리학에 기초한 지식이 될 수 없다. 논리적 엄밀성을 기준으로 삼아 수학과 시학을 양극단에 두고 그 사이에 물리학, 화학, 생물학, 경제학, 사회학 등의 순서로 늘어놓는다면 정신분석은 시학에 가장 가깝게 위치하는 과학이 될 것이다. 정신분석은 실증과학과는 다른 각도에서 자료를 분석한다. 정신분석은 지성을 궁극적인 것으로 보지 않는다는 점에서 독특한 과학이다. 실재계의 개념은 우주가 무한히 한데 엉겨 있으며 잘라서 하나씩 갈라놓을 수 없다는 사실을 전제한다. 그렇다면 자르지 않고 우주와 함께 사는 것도 가능한 일이라고 할 수 있을 것이다. 신석기 시대 이전에 인간은 공감하면서 우주와 함께 살았다. 언제부터인가 공감이 더이상 불가능하게 되었을 때 인간은 과학을 만들어냈고 과학으로 우주를 측정하기 시작하자 무의식도 나타났다고 보아야 할 것이다. 과학과 무의식이 동시에 출현하는 것이라면 미개인도 모래에 삼각형과 사각형과 원을 그려 공간을 파악하는 것으로 미루어볼 때 동물에게는 무의식이 없지만 인간에게는 무의식이 있다고 해도 무방할 것이다. 그러나 과학이 아무리 중요하다고 해도 인간에게 우주는 측정과 분류의 대상이라기보다는 여전히 공감과 참여의 공간이라고 보아야 할 것이다. 과학이 아무리 정교하게 단위 요소들을 끊어내고 단위 요소들의 형식 체계를 치밀하게 구성해도 우주의 대부분은 과학적 절단에서 새어

나온다. 우리에게 붙잡히지 않고 그대로 지나가는 수많은 진동이 과학을 해체하고 과학을 쇄신하는 바탕이 된다.

타인의 자유

ⓒ 김인환 2020

초판 1쇄 인쇄 2020년 3월 10일
초판 1쇄 발행 2020년 3월 20일

지은이 김인환
펴낸이 김민정
편집 유성원 권순영
디자인 한혜진
마케팅 정민호 나해진 최원석
홍보 김희숙 김상만 오혜림 지문희 우상희 김현지
제작 강신은 김동욱 임현식
제작처 상지사
펴낸곳 난다
출판등록 2016년 8월 25일 제406-2016-000108호
주소 10881 경기도 파주시 회동길 210
전자우편 nandatoogo@gmail.com **트위터** @blackinana **인스타그램** @nandaisart
문의전화 031) 955-8865(편집) 031) 955-8890(마케팅) **팩스** 031) 955-8855

ISBN 979-11-88862-64-1 03810